白いジャージ2
〜先生と青い空〜

rey

スターツ出版

遠かった背中。

ただ見つめてただけの先生の横顔……。

今はこんなに近くに、こんなに温かく先生の温度を感じる。

愛してる……。

もう、何があっても離れない。

この青い空の下で、広い海を見つめながら、

先生への愛が溢れる……。

もくじ

FIRST WIND
1. 夜明けの海岸 8
2. 押し寄せる恋心 19
3. 先生の写真集 29
4. 言えない真実 45

SECOND WIND
5. 午後の雲【先生】 66
6. 先生の過去 82
7. ジェラシー 106
8. 直の涙【先生】 136

THIRD WIND
9. 守りたい景色 156
10. 恐怖の一夜 179
11. 満天星 211

FOURTH WIND
12. 星の下でのプロポーズ【先生】 222
13. ふたりの「初めて」 235
14. 空と海 246

あとがき 252

装丁　宇留間能力

FIRST WIND

1. 夜明けの海岸

　まだ薄暗い空。舞い上がる白い砂。遠くから聞こえる牛の声。海からの風が頬に当たる。
　大きな背中。白いTシャツと黒の半ズボン。頭に巻かれた白いタオル。くねくねと進む自転車。

「おせ〜よ！　直(なお)！」
　振り返る優しい笑顔。慣れないじゃり道での自転車は、何度も転びそうになる。
　頑張って追いつこう、なんて、もう思わなくていいんだ。その大きな背中を、今は呼び止めることができる。
　頑張って追いつかなくても、私をちゃんと待っていてくれる。

　ふたりだけの世界。
　もう、誰の目も気にしなくていい。
　大声で『先生！』って呼んでも、大丈夫。思いっきり、先生の背中に抱きついても、手をつないでも……いいんだね。
　誰もいない海岸。波の音と、風の音。
　早起きのやどかりが、カサカサと急ぎ足で移動する。

「直……」
　手を差し伸べる先生に、小走りでかけよる。

「せんせー‼」
　しっかりと握られた左手には、輝くリング。
「そろそろ始まるぞ！　日の出……」
　ここが雲の上のように感じる。どこまでも続く水平線と、真っ白な薄雲が重なり合う。その白に溶けてゆくようなまぶしい朝日。
　やどかりの引越しを横目に見ながら、朝日がのぼる瞬間にキスをした。

「やっと見れたな……直。俺、幸せ〜‼」
　私の肩におでこを乗っける先生。甘える先生の髪に触れる。手を握り、寄り添いながら、ふたりでまぶしい朝日を見つめた。
　少し寝坊した、にわとりの朝の挨拶。動き始めた牛の鳴き声。

「直、やっとふたりの旅行、実現したなぁ。待たせたな」
　先生は右手で私の肩を抱き、左手で砂を触る。私も真似して、右手を砂に埋めた。
　朝日を浴びた白い砂が、程よい温度で心地いい。先生が持ち上げた砂が風に乗り、舞い上がる。
「先生、私も幸せ」
　先生は、砂のついた手で私の頬に触れた。
「よく我慢したな。いっぱい泣かせてごめんな……」
　もう一度キス。
　先生のキスと波のリズムが重なって、幸せに包まれる。

たくさん泣いた分、たくさん幸せをもらったよ。先生が私を好きでいてくれたから、どんな困難も乗り越えることができた。
　よみがえる記憶。私と先生は、誰もいない砂浜で思い出の旅に出る。
　どこまでも続く空。限りない深い青。

「卒業式さぁ……」
「先生泣いてたね。卒業式！」
「お前こそ、俺のこと潤んだ瞳で見つめ過ぎぃ!!」
　卒業式までふたりで会わないと決めた私達は、先生と生徒として……じっと卒業を待っていた。それなのに、卒業式は寂しくて、悲しくて、涙が止まらなかったんだ。
　もっと、先生のクラスの生徒でいたい……。そう思う私がいた。
　やっぱり先生は、素敵な教師なんだ。教師としての先生と出逢えて、よかった。先生のクラスの生徒になれたこと、私の自慢なんだ。

『結婚しよ』
　卒業式のあと、こっそり忍び込んだ音楽室でプロポーズしてくれた先生。校内放送で呼び出された先生と、職員室まで手をつないで、一緒に走ったね。
　あの時、廊下の窓から見えた噴水のキラキラした光。廊

下の匂い。先生の手のぬくもり……。

　全部ね、ちゃんとここにあるよ。

　ここ……私の心の中に。

　一生、私を支え続けるたくさんの記憶。

　卒業した私達は、たくさんの愛に支えられていたことを改めて感じた。卒業式を無事に迎えられたのは、たくさんの人の愛のおかげ。

　両親からの愛。姉からの愛。そして、友達からの愛。

　卒業式のあと、先生がプレゼントしてくれた赤い車に乗って、お世話になったみんなに『ありがとう』の気持ちを伝えに行った。

　涙ぐむ両親と、それを見て笑うお姉ちゃん。冗談を言いながらも、お姉ちゃんの目には光るものがあったんだ。

　教師である先生との恋愛を許してくれた、お父さんとお母さん。何度も泣いて、別れてしまった私達をずっと影で支えてくれたお姉ちゃん。

　先生のおかげで、初めて本当の意味で姉妹になれた私とお姉ちゃん。お姉ちゃんとの間にあった大きな分厚い壁は、いつの間にか消えていた。

　そして、大事な親友であるゆかり……。ゆかりがいなければ、今……笑うことができなかったかも知れない。自分のことのように、一緒に悩んで、泣いて、支えてくれた。

　ゆかりにも会いに行こうと思ったのに、なかなか連絡が取れなかった。あとから知ったことだけど、ゆかりは彼氏であるたっくんと、音楽室の隣の視聴覚室にいたらしい。

今まで本当に迷惑ばかりかけて、心配ばさせて、ごめんね。

　やっと会えたゆかりの胸で、私は思いきり泣いた。

　ふたりにしかわからない、たくさんの思い出がよみがえる。

　初めて、先生を好きだとゆかりに話した日のことや、友達の依子(よりこ)が先生を好きだと言った日のこと、先生から別れを告げられた日のこと……。いつもいつも私の隣にいてくれたのは、ゆかりだったね。

　ゆかりだけが知っている、たくさんの私の涙。

　みんなへのお礼を終えた私と先生は、卒業祝いに食事をした。もう隠れなくていいのに、やっぱりクセになっていて、高校の制服を見ると隠れてしまった。

　そんな日々は結構長く続き、私達は堂々とデートができなかった。

　あれから1年と少し。

　少しは彼氏と彼女らしくなれたのかな。

　卒業して、福祉の専門学校に入学した私はこの春2年生となった。

『5月の沖縄は最高』

　先生が沖縄出身の生徒から聞いたその情報を信じて、5月の沖縄旅行が実現した。

　本当に最高なんだ。真夏の暑さとは少し違う、爽やかな初夏の暑さ。

風が強く、遠い遠い外国の風がここまで届いているようだった。
　去年の夏も、秋も旅行を計画していた。どれもギリギリでキャンセルになり、今回が3度目の正直。
『海外は新婚旅行にとっとこうな！』
　先生のそのセリフに、ニヤけちゃったっけ。
　旅行のパンフレットを見ながら、計画を立てる時間が幸せだった。ソファに座って、パンフレットを眺めていると、いつの間にか先生の腕に包まれていた。

　今回の旅は、沖縄の離島へ行くことに決まった。石垣島から船で行ける島がたくさんあることを知った。その中でも一番気に入った島は、1日で島を1周することができる程の大きさで、夕日がとても綺麗に見えることで有名だった。
　決定してからも、いつ中止になるかわからない不安から、なるべく期待しないで待っていた。
　先生は、若い先生と年配の先生の間の年齢でとても忙しい。
　部活以外にも、生徒指導や、行事の係り、飲み会の幹事など……。仕事は山のようにあった。
　この1年で私はどう変わったかな？
　巻き髪を覚えたこと。
　車の免許を取ったこと。
　新しい友達ができたこと。
　先生に合鍵をもらったこと。

先生に手料理を食べてもらったこと。
　自分に自信がついたこと。

　特に大きな変化はない。変わらないことの方が多い。
　いちばんの親友はゆかり。
　カルボナーラが好き。
　携帯は手放せない。
　パン屋でバイトをしている。
　毎晩、月を眺める。
　そして……相変わらず、先生からもらった白いジャージを抱いて眠る。
　そして、先生を愛してる。
　一生変わらない気持ち。

　合鍵をもらったあの日。あれは今から１年以上前、卒業式から何日か経ったホワイトデー。

　部活を終えた先生が迎えに来てくれた。３月だというのに、雪でも降りそうな寒い日だった。
　先生は、車の中をポカポカに温めていてくれるんだ。特別な日には必ず着て来てくれる、白いジャージで……。
　暖房の効きを確かめる手が好き。

「寒くねぇか？」
　ドキドキして、寒いどころか顔が熱いよ、先生。
　私は卒業しても、いきなり『彼女』らしくなれず、戸惑っていた。もう一緒に堂々と街を歩くことができるのに、私も先生もまだ、人のいない場所へ行くクセが抜けない。

「直、海行こっか？」
　ホワイトデーの夜、向かった先は、思い出の海岸。あの高校２年のクリスマスの夜……クリスマスイヴによりを戻した私と先生は、翌日……ここで結ばれた。ひとつになったんだ。
　たくさんのキスと先生の愛を、体中で感じた。あの夜と同じような美しい月が、私達を見守ってくれていた。
「さみぃ〜‼　ほら、こっちおいで」
　先生が車の後部座席にいつも置いている、部活用の長いジャンパー。ふたりでそれを羽織った。
　もこもこの生地の裏地が頬に当たり、くすぐったかった。先生の息で温められた私の手。
「直、あの時……俺、お前を抱くつもりなかったんだぞ！」
　先生は、子犬のような上目遣いで私を見つめる。
　夜風が先生の前髪を舞い上げる。そのかわいいおでこにキスをした。
「あ‼　また俺のスイッチ入れる気だろぉ‼」
　先生は、私のおでこにそっとキスをした。
　あ……スイッチ入れちゃったみたい。
　先生の大きな上着に包まれて、抱き合いながら、キスば

かりしていた。
「直、あの夜と同じこと……する？？」
　窓から見える月は、深い美しい黄色。全てを知っている月は、私と先生の幸せな時間を覗き見していた。
「あの時……俺が我慢していれば、お前に辛い想いさせなくて済んだのにな……」
　分厚い胸板に顔を埋める私に、先生が言う。
「いいよ……先生。私、後悔して……な……い」
　先生のキスが、私の想いを受け止めてくれる。
　裸で抱き合ったまま、上着に包まれる。BGMは昔と同じFMから流れる洋楽。

「直、ホワイトデーのお返し……」
　上半身だけ起き上がった先生が手を伸ばし、大きな紙袋を渡してくれた。
「開けてみ」
　ニヤっと笑う先生。紙袋の中に手を入れる私の耳に、息を吹きかける。
「先生のエッチ……」
　紙袋の中には……去年のホワイトデーに先生がくれたものと同じ……『白いジャージ』が入ってた。
「せんせ……これ……‼」
　嬉しくて先生に抱きついた私の頭を撫でながら、優しく言うんだ。
「よく見てみろぉ。女もんだ！　俺とおそろ〜‼」
　先生の手で、その白いジャージを着せられた私は、ゆっ

くりと先生にも白いジャージを着せた。
「わぁ!! 白いジャージ同士だぁ!!! ありがと、先生!!」
　あんなに大好きな先生の白いジャージなのに、自分用にお揃いを買うなんて発想はなかった。
　先生は満足気な表情でもう一度私を抱きしめた。
「お前、ノーブラだろ……」
「きゃ!! ほんとだ!」
　先生が私のために買ってくれた、この赤い車。環境問題も考える先生は、エコな車を買った。前の車は思い出たっぷりだったから、その思い出を忘れないようにしっかり写真を撮ったんだ。
　これからはこの赤い車で……またたくさんの思い出ができるね。ここで、またたくさん愛し合おうね。
　赤い車。この赤に負けないくらいラブラブなふたりでいようね。
　一緒に買った真っ赤なクッション。恥ずかしいから黒がいいと言った先生も、今ではすっかりお気に入り。
　爽やかな石鹸の香りの芳香剤。この匂いのせいで、学校のトイレに入るとドキドキしちゃうんだ。うちの学校のトイレの石鹸は同じ匂いがするから。

「帰ったら電話するから……おやすみ!」
　運転席から手を出した先生。温かい手で私の手を握り、頭を撫でる。
「うん。ありがと!! 大事にずるね、このジャージ!」
　間違いなく私の宝物に追加される、女ものの白いジャー

ジ。先生は、やっぱり最高。
　じゃあ……と手を振ったあと、先生が私を呼び止めた。
「あ……直、これ……持っててくれる？」
　なぜか視線を合わせない先生が、私の手のひらに乗せたもの……。
『あいかぎ』
　愛の鍵……。照れ臭そうに笑いながら、先生は車を走らせた。
　かわいい。先生、照れてる？
　思い出したかのように『あ……直！』なんて言って、さりげなく渡してくれた合鍵。
　大事なものはどんどん増え続けるね。
　私は、先生の『彼女』なんだね。もう堂々としていていいんだね。

2. 押し寄せる恋心

　太陽は明るさを増しながら、真上に向かって、ぐんぐんとのぼっていく。目を開けていられないほどの日差し。まだ朝だというのに、昼のように暑い。

　カサカサコソコソ。
　やどかり達は大慌てで、逃げるように日陰に向かって走り出す。
　真っ白な砂浜に打ち寄せる、穏やかな波。白い波は泡となり、砂を連れて海へ戻る。
　海は薄いエメラルドグリーン。でも、もっと先を見ると色がどんどん濃くなっていて、深い青色をしている。
　海と空の境目がわからないくらい、似た色をしていた。

　3泊4日の旅行。
　昨日の夕方到着した私達は、疲れて、夕食後すぐに眠ってしまった。
「今日こそ、夕日見ような！」
　朝日がのぼってすぐに、夕日の話をする私達にきっと、太陽は呆れてる。
「お前と出逢う前は、こんなに空を見てなかったな……俺」
　つぶやくようにそう言った先生は、砂の上にゴロンと寝転んだ。真似して私も隣に寝転んでみる。好きな人の行動

を真似するのが好き。だって、同じ感覚を味わえるし、同じ気持ちになれる気がする。
「うわぁ!!　空、きれい!!!」
　水平線近くの空は、とても濃い青をしていた。グラデーションが美しく、上に行くほど薄くなっていた。薄いブルーで雲ひとつない。
　寝転んだまま体を横に向けると、まぶしそうに空を見つめる先生がいる。

　少し伸びたひげ。
　昨日より黒くなった肌。
　私は確信する。私はもっと好きになる。この旅で、私はもっともっと先生に恋をしてしまうだろう。
　どんどん伸びていくひげも、日焼けする肌も、すれ違う人々に挨拶する横顔も……。私をたまらなくときめかせる。
　出逢った頃と同じように……。初めて先生を見た、あの入学式と同じときめき。
「なぁ、直。お前もっとわがまま言っていいんだぞ？」
　先生の横顔を見つめていた私の方に、先生は体を向けた。そして、先生は甘い吐息を漏らしながら優しく笑い、私の髪に触れた。
　わがまま……。私はわがままだよ、先生。
　だって、先生をひとり占めしたいって思ってしまうんだ。
　一緒にいる時も、一緒にいない時も私だけの先生でいて

ほしいって……そんな馬鹿なこと考えちゃうんだ。
「じゃあ、先生……モテなくなってよ‼」
　困る顔が見たくて、究極のわがままを言ってみる。困るよね。だって無理だもん。
　先生は何をしていても、いつでもどこでもかっこよくて、そこにいるだけで人の視線を集めてしまうんだ。
　先生に罪はない。
「ばぁか！　直のばーか！　モテね〜し……」
　そんなかわいい顔してスネたって、そんな嘘……信じないよ。
「モテるもん……きっと先生は一生モテるんだよ」
　先生の伸びたひげに手を伸ばす。チクっとする感触が好き。
「モテてもモテなくても、俺の気持ちは直だけだって‼それに、俺を本当に愛してくれてんのは、お前だけ……」
　色紙に書いて、部屋に飾っておきたいようなセリフを先生はサラっと言ってくれた。
　これから先、不安になった時、今の言葉を思い出して、唇を噛み締めよう。
　愛されてるんだ……って自分に言い聞かせて、未来のたくさんの「やきもち」を乗り越えていこう。
　涙目になる私に気付いた先生は、私をぎゅっと抱きしめてくれた。
「ごめんな……いつも不安にさせて。どうせいつか俺、ハゲてモテなくなるから‼」
　なんて言いながら、キスをしてくれる。

やきもちは辛い。付き合う相手がどんなにモテなくても、やきもちって焼いちゃうんだと思う。
　それなのに、私の彼氏は……チョーミラクルかっこいい、最高な高校の体育教師。
　女子高生にとって、先生が恋愛対象になってしまうことは避けられない。実際、自分もそうだっただけに、気持ちがわかるんだ。

　卒業してからは、先生の学校での姿が見えない分、目に見える嫉妬は減った。その代わりに、見えない学校の中でのことを想像して嫉妬してしまったりした。
　やっぱり毎日が心配なんだ。
　ひとり占めなんてできるわけがないのに……。
　1度、大きな喧嘩をしたことがあった。顧問をしている陸上部の生徒のことで……。

　去年の夏の終わりのことだった。
　先生は鈍感で、気付いていない。その女の子が、先生を好きだってこと。

『俺の顔見て、突然泣き出して、部屋飛び出すんだ』
『元気ねぇから、声かけたら無視すんだよ。最近、わかん

ねぇ行動多くて』
　鈍感な先生の罪。そんな話されちゃうと……もう学校へ行かないでって言っちゃうよ。
　学校の中は危険がいっぱい。先生を想う、第二、第三の私がたくさんいるんだ。

「先生のバカ！」
　私は、突然部屋を飛び出した。ささいなやきもちを焼いて私が泣いちゃうことはあっても、部屋を飛び出すなんて初めてだった。
　先生が悪いわけじゃないことがわかっていたからこそ、これ以上先生の悲しい顔を見たくなかった。
「待てよ、直‼」
　陸上部顧問で、学生時代は短距離の選手だった先生には、あっという間に追いつかれてしまう。追いかけて来てくれることを期待していなかったと言えば嘘になるけど、こんなにも必死に追いかけてくれるなんて……。
「先生の顔見て、突然泣いたり飛び出したりするのは……こういうことだよ！　私と同じってこと！　先生わかってない。そんなんじゃ、学校中の生徒が先生を好きになっちゃうよ……」
　その時の先生の顔を、きっと忘れないと思う。
　ごめんね、先生は悪気なんてない。何も悪くない。
　ただ教師として、生徒を大事に想っているだけ。その子の力になりたいと願う、素敵な教師なんだ。
　先生の腕にガシっとつかまれた私は、そのまま強く抱き

しめられた。
「ごめん……直、ごめん。泣かせてごめん……」
　泣いてるのは、きっと先生の方だ。先生は、私を不安にさせないように、いつもいつも大事にしてくれているのにね……。
「ごめん……先生は、ただ優しい先生なだけなのに……」
　私を抱きしめる腕の力を緩めようとしない先生は、何度も何度も謝った。
　私が弱いから……。私が子供だから、先生を悩ませてしまう。
　でもね、ちゃんと壁を作って欲しかったんだ。先生の周りに見えない壁を作って、先生の心の中に誰も入れないようにして欲しいんだ。
　そうじゃないと、私は不安で不安で……。何をしていても、先生のことが心配で仕方がないんだよ。
　強くならなきゃ……私。
　先生の奥さんになるんだもん。相当の覚悟がないと、やっていけないね。
　これから何十年もの間、先生を想う見えない影と、戦わなければならないんだ。
　毎年もらうたくさんのバレンタインのチョコも、笑って『よかったね』と言いながら、一緒に食べなきゃ……ね。
　それができないなら、先生の奥さんになる資格はない。
　私の不安を理解してくれた先生は、それから変わってくれたんだ。
　それから先生は、彼女の存在を生徒にもきちんと話して

くれて、私とゆかりが写ったプリクラを携帯に貼ってくれた。

◆◆◆◆◆◆◆◆◆◆◆◆◆◆◆◆◆◆

「な～に、思い出してんの？　直、辛い顔してる‼」
　先生の甘えたような声で、現実に戻る。裸足になった足で、私のビーチサンダルを脱がす。
　いつの間にか、太陽はジリジリと私達を斜め上から照らしていた。
　木の陰に逃げたヤドカリ達は、自分の家の中に顔を隠して昼寝中。
「誰も来ないね～！　みんな海水浴ができる向こうのビーチに行ってるのかな？」
　見渡す限り、誰もいない。ふたりきり。
　ザブーンザブーン。
　空の色はさっきよりも濃く、深いブルーへと変わって行く。
「ふたりきりだなぁ……ここで、エッチする？」
　伸びてきた先生の左手を、ペチンと叩く。
「こらぁ！　先生のエッチ！」
　すねた顔した先生の頭を撫でた。海の塩分のせいで、さらさらの髪が少しベタベタしていた。
「先生、好きだよ。昨日よりもっと好き」

「俺達ラブラブ〜！　結婚したら、どうなっちゃうんだろうなぁ。俺、幸せすぎておかしくなるよ、きっと」
　砂の付いた手で、私の首の後ろに手を回す。強引に引き寄せられた私は、先生の熱い唇に溶けちゃいそうになる。
　どのキスも忘れないよ。どのエッチも忘れない。
　先生がくれた全部の『スキ』を記憶しておくね……ここに。
　私は胸の真ん中に手を置いた。

　旅行の前日の晩の電話で、先生が提案した。
『時計は置いて行こうぜ！』
　時間を気にせずに、のんびり過ごそうということなんだけど、その発想がとても好きだと思った。
　ドラマや映画の中でだけだと思ってた。時計を置いて旅に出る……なんてね。
「時計なくても、携帯あるから時間わかっちゃうなぁ……」
　沖縄に着くと、先生は携帯電話の電源も切った。
　那覇から飛行機で石垣島へ。そして、船に乗り、この島まで来た。

「ず〜っとこうしていたい」
　砂の上で抱き合いながら、先生が真剣な目で私を見つめた。先生が語尾を延ばさずに何かを言う時は、なんだかドキっとする。
　いつもドキッとするけど、時々、こんな風に真剣に言わ

れるともう、私の体はふにゃふにゃになってしまう。
　もう、先生の思い通りにどうにでもして……って思うんだ。
「直……俺、お前が好きだよ……」
　先生は私の心が読めるの？
　真剣な顔で、目を見つめたまま……どんどん私をドキドキさせる。体中に砂がくっついて、先生が動くたびにお互いの体の砂が擦れ合う。
「直……俺、夜まで我慢できねぇ……」
　太陽の熱が、先生の体を熱くする。雲ひとつない空を見ようとしても、その視界は先生のキスでさえぎられる。
　目を開けると先生しか見えない。
「先生……夜まで、我慢だよ……」
「わかってるって……」
　言葉とは逆に、先生のキスはどんどん激しくなる。
　ミャーミャー……。
　木の陰から私達を見つけた、黒と白のぶち模様の猫。先生は動物が好きだから……。

「こっちおいで……」
　先生は私を抱きしめたまま、猫に声をかけた。恐る恐る近付く猫に手を伸ばす。
　スイッチがいったんオフになった先生が、優しい瞳で猫を見つめていた。
「お前〜、俺と直の邪魔するなよぉ……」
　先生の優しい手に撫でられた猫は、気持ちよさそうに砂

の上に寝転んだ。
　波の音に合わせるように猫が鳴く。私と先生の手で交互に撫でられる猫は、しばらくすると、満足気にその場を離れた。
　猫の後ろ姿を見ながら、先生はまた私を抱きしめた。
「邪魔されちゃったなぁ……じゃあ、もう一度」
　ほんの数分で、太陽の位置が変わっていた。先生の顔が近付いても、太陽の光が目に入り、まぶしくて目を閉じた。
「あ……また邪魔されたぁ」
　唇を離した先生。その視線の先には、子供がふたり、海岸に向かって走って来ていた。
「……また、あ・と・で‼」
　先生は私の頬に人差し指でツンツンとしながら、かわいい顔でそう言った。
「先生、かわいい‼」
「直の方がかわいい‼」
　立ち上がった私達は、お互いの顔に付いた砂を払った。
「海入るか！」
　先生が海に向かって走り出した。もちろん私はその後ろを追いかける。
「せんせー‼　待ってよ‼」

3. 先生の写真集

　いつの間にか数人のカップルが、砂浜で愛を語り合っていた。太陽はさっきよりも高い位置まで上っていた。

「先生、写真撮ろ!」
　持ってきたデジカメのメモリーの容量は、写真500枚分。いっぱい撮るよ、先生の姿。
「先生、頭のタオル外して!!」
「あ、先生Tシャツ脱いで!」
「先生、手を広げてみて」
　私は、新垣和人の専属カメラマン。永遠の……。
　いつか本気で思ったことがあったよね。『先生の写真集が欲しい』……って。その願いもやっと叶うね。
　一瞬一瞬の先生がどれも素敵で、瞬きするのがもったいないくらいなんだ。
　どの顔もどの背中もどの声も全部好き。私は先生から1秒も目が離せない。
　去年とも違う今年の先生。昨日とも違う今日の先生。さっきとも違う、今、目の前にいる先生。
　ずっと見てるよ、隣で……これからもずっとね。
「先生~! これかぶって!!」
　私の花柄の帽子を、先生に投げる。

「俺にも撮らせてよ！　かわいい直の姿‼」
　先生との追いかけっこ。
　牛の声と波の音を聞きながら、海岸を走る。砂浜に忘れられた船長さんの帽子。きっと船に乗る誰かが忘れていった帽子。
「ねぇ、先生‼　これかぶって‼　お願い！」
　船長さんの帽子を持つ私を見て、先生は苦笑い。また変態だって言われるね。
「やだよ‼　コスプレじゃん！」
　無理矢理先生の頭の上に乗せた帽子は、もう先生の頭から離れたくないと言っているように見える。
　それくらいに……似合っていた。
　まぶしそうに空を見上げて、その帽子を頭に乗せた先生は、船長さんのように敬礼をした。
　全身を船長さんにしたい‼　やばい。似合いすぎ。かわいい。

　ドキドキする……思い出すね、去年の体育祭。
「体育祭の時、コスプレリクエストで３位だったじゃん！　船長さんって‼」
　そう、私が高校生だった頃はなかった企画。
「コスプレじゃね～よ！　あれは仮装リレーだって‼」
　去年から始まった仮装リレーは、生徒から『先生にしてほしい仮装』が投票によって決められた。
　もしも写真集が作れるのなら、いろんな仮装をさせて、いろんな先生を撮りたい。いろんな表情の先生。

笑ってる先生。眠ってる先生。ひげを剃る横顔や、歯みがきする背中。
　あくびしたあとの潤んだ瞳や、スイッチ入った情熱的な目。
『先生！』って呼んだ時振り向く、かわいい表情も……。
　春の爽やかな先生。
　夏の黒くなった先生。
　秋の切ない顔した先生。
　冬の……エッチな先生。
　1年中エッチだけど、冬の先生が一番エッチかも。
　寒いからって先生は、ふたりきりになるとすぐにくっついてくる。それがかわいくてかわいくて、仕方がなかった。
　どうして飽きないんだろう。どうしてこんなにも毎日『好き』が募るんだろう。

　体育祭の仮装のリクエストは、先生のためにあったんじゃないかと思う。
　みんな考えることは同じで、その結果を見ていると、先生を好きなんだなぁと思ってしまったね。
　去年の秋。私の参加することのできなかった体育祭。

◆◆◆◆◆◆◆◆◆◆◆◆◆◆◆◆◆◆◆

5位……茶髪の暴走族
4位……コックさん
3位……船長さん
2位……医者（眼鏡つき）
1位……学ラン姿

どれも、萌え〜！ ……だよ。
　複雑だけど、その順位に納得。他の先生は「女子高生」や「オタク」等、笑えるコスプレが多かった。
　全部見てみたい。だけど、他の誰にも見せたくない。
　私だけが見たい。そう思って、胸が苦しくなった。

　だって、かっこいいに決まってるもん。白衣着て、眼鏡かけてる医者の先生……。鼻血……出るよ。
　コックさんも素敵だし、茶髪の暴走族もかなり見てみたい。
　先生の茶髪は見たことがないけど、絶対似合う。高校時代茶色かったっていう話を聞いて、私はその夜、眠れなくてずっと想像してたんだよ。

　1位の学ラン……。
　楽しみだけど、またファンが増える。ファンならまだいい。本気で先生に恋をする高校生が、現実にたくさんいることが切ない。

体育祭当日。曇り空だった朝。
　学校に到着すると、心配して傘を持参したことを後悔するくらい気持ちよく晴れてきた。生徒としてじゃなく、体育祭を見るのは初めてで、何とも言えない複雑な心境。
　どうして自分があの中にいないんだろう。どうして私は体操服を着ていないんだろう。
　寂しさにも似た感情。
　久しぶりに集まった３人。卒業しても時々集まっている３人組。ゆかりと依子は、先生を探してばかりの私をからかう。
「直、高校の時と一緒じゃん！」
「彼氏なんだから、堂々と話しにいけばいいのに」

　午前中の先生は裏方に徹していた。徒競走のスタートのピストル係。
　毎回耳を押さえながら、「パーーーン」と音を鳴らす先生も素敵だったけど、耳がおかしくならないかと心配だった。
　先生は白組。だから白いジャージ。……いつもだけどね。
　白いジャージのズボンに、白いポロシャツの袖を肩まで捲り上げる。夏休みの部活で日に焼けた先生は、秋になってもまだ黒い。
　棒倒しで、棒から落ちた生徒をおんぶして保健室へ連れて行く先生。男子生徒でよかった……なんてつい思ってしまう。

先生をこうして外から見ていると、本当にあの人が自分の彼氏なのかな？　って思うんだ。

「よぉ！　直。おっ‼　中田(なかた)に、里田(さとだ)、元気かぁ‼」
　先生はゆかりと依子の肩をガシッとつかむ。私は、汗をかいた先生の額に、持っていたタオルを当てた。
「サンキュー！　あっちぃよ！　お前ら、昼飯どうすんの？」
　昨日会ったはずなのに、どうしてこんなにドキドキするんだろう。
　学校で見る先生は、高校時代を思い出させて、私をキュンとさせる。片思いだった頃に、戻ってしまう。
　校舎の窓に反射した太陽が、キラキラと輝いていた。先生が頼んでくれたお弁当を、体育教官室で食べた。
　他の先生が何人かいて、その年上の先生と話す時の先生がかっこよくて、胸がいっぱいになった。食べることも忘れて、先生に見とれてしまう。
『教師』してる先生を見るのは、久しぶり。
　私は、この『先生』を好きになった。私は教師である新垣和人に出逢い、恋をした。
　やっぱり学校は特別な場所。

　ひと足先に食べ終わったゆかりと依子が、トイレへ行った。きっとふたりの優しさ。
「直、こっち来て……」
　他の先生に聞こえないように、小さな声で先生が呼ぶ。
　立ち上がり、先生のいる机に向かう。久しぶりの先生の

机に触れた。
　先生が指差した場所には、私達クラスの卒業式の写真が飾られていた。卒業式のあと、教室で撮ったあの写真。
　先生が呼んでくれて、隣に座ったね。こっそりつないだ手。よく見ると、卒業証書の筒の横から、私達のつないだ手が見えていた。

「パソコン新しくしてもらったんだけど……マウスだけは変えられなくて。前のままだから。今は、こんな丸いボールの入ったマウスは誰も使ってねぇんだぞぉ！」
　先生は思い出のマウスを人差し指で、ツンっと突っついた。
「ありがと、先生！」
　よみがえる。
　一緒に体育教官室の大掃除をして、先生の服に着替えたね。先生の机にこっそり座って、先生のパソコンのマウスの中のボールに「スキ」って書いた。
　こぼしたオレンジジュースのせいで、その「スキ」が先生にバレちゃったよね。
　そんな思い出も、ここから見た綺麗な夕日も……私の宝物。
「直、マウスの中の文字……まだ残ってるから」
　先生は、甘い顔で私の顔を覗きこむ。
「好きだよ、先生」
「ばかぁ！　チューしたくなるだろ!!」
　先生はお弁当を食べる他の先生の目を盗んで、こっそり

私にキスをした。

　先生、好きだよ。
　マウスの中の文字と同じで、私のこの気持ちもずっとずっと変わらないから。

　午後の部の一番はじめは、応援合戦。応援団長の大きな声と、太鼓の音がお腹に響く。胸が熱くなる。
　もう戻れないんだね。もう私達は高校生じゃない。
　なかなか座らない生徒に向かって、先生が大きな声で怒鳴る。もう先生が注意する先には、私達はいない。
　まだこの場所に置いたままだった、自分の気持ちに気付く。
　3人とも目を潤ませた。
「戻りたいね……」
「うん、やっぱり高校がいいね」
　専門学校は楽しいし、毎日充実している。新しい友達もできて、笑ってばかりの毎日。
　だけど、心はまだ……この場所から卒業できていないんだ。
　先生と出逢ったこの場所。大切な友達と泣いて笑って、青春したこの場所。

　舞い上がる土ぼこり。汗が光る応援団長。ひらひらと揺れる長いハチマキ。
　午後のまぶしい日差しが、青春を必死に生きている生徒

を輝かせる。まぶしすぎる高校生の笑顔。

　見上げた空には不思議な雲。青い空に無数の小さな雲が、浮かんでいた。どの雲も違う形をして、くっつきそうになっては、風に乗って離れていく。どんどん形を変える雲。
　戻ることはできない。
　私達は卒業した。大人への階段を、ひとつずつ昇っているんだ。

『ゆっくり大人になれ』
　高校時代、先生がホームルームで言ってくれた言葉を思い出す。
　そうか……ゆっくりでいいんだね。
　戻りたいと思うことは、悪いことじゃないよね。戻れなくても、この気持ちだけは永遠に忘れない。
　そうすれば、ここで過ごした私達の時間は永遠のものなんだ。

　遂に……やってきた。
　楽しみなのに、なぜか不安な胸騒ぎのする『仮装リレー』。それぞれの先生は、小道具や髪形まで決められているらしい。先生の髪型は……リーゼント。
　これも、クラスの女子からのリクエストだったらしい。
　ジャージ姿で走り出した先生は、もちろん断トツの１位で、着替える場所へ到着。

先生の走る姿もすごく久しぶり。カーブを曲がる時の、先生の体の傾け方が好き。
　後ろを振り返る余裕も見せた先生。
　毎年、教師対抗リレーでは、先生の姿にドキドキしていた。そして、毎年体育祭で先生のファンが増える。
　見たかったな。高校時代、大学時代の陸上している先生を……。
　夢に向かって走っていた先生。先生になる前の『先生』を……。

　いかにもヤンキー風の学ランに袖を通す。改造されたダボダボのズボンのポケットからは、ジャラジャラとシルバーのチェーンがぶら下がっていた。
　やばいって……。高校生に見える。いるいる、こんな高校生。
　目を大きく開けて、おでこにしわを寄せた先生が鏡を覗き込む。片手に真っ白なムースを大量に乗せ、それを両手で揉む。
　そして、先生の手によって髪が姿を変えてゆく。
　前髪を上に上げる仕草が、たまらなく素敵だった。
　きっとたくさんの生徒が今、先生に恋をした。

　結構慣れた手つきでサッとリーゼントを作り上げた先生。もしかしたら昔不良だったのかもと……思うくらい。
　初めて見る先生のリーゼント。お風呂上がりのかきあげた髪にもドキドキしたけど、それとも少し違う別の人のよ

うな雰囲気。
　助手の生徒が、先生の首に金のネックレスをつけた。
　照れ臭そうに走り出した先生に、学校中の生徒が大笑い、そして……キュンキュンしてる。

　走りにくそうな、踏み潰されたスニーカーにもかかわらず、先生は軽やかに走る。
　ちょっと悪ぶって走る姿。なぜか、鉄パイプを持たされた先生が、1位でゴールした。

「バッチリ写真撮ったから‼」
　先生に見とれていた私の代わりに、ゆかりが写真を撮ってくれていた。
　ゴールした先生は、遠くにいる私を探してくれた。
　目が合った。
　まぶしそうな顔で私を見つけた先生は、少し微笑んで目をそらす。目をそらしたあとに、右手を軽くあげた。
　車で家の前まで送ってくれたあと、別れ際によくやる先生の仕草だった。
　あれが彼氏？　彼氏なんだよね……。

　退場門を出た先生を待っていたのは、たくさんの女子生徒。みんな、先生のその姿をカメラに収めようと必死だった。
　最後でいい。最後の最後でいいから……。私も先生と写真が撮りたい。

「直、行くよ‼」
　両腕をゆかりと依子につかまれた私は、退場門へ。
「なんか、無性に悔しいよ！　直が彼女なのに！」
　依子が、生徒の山を見てため息をついた。ゆかりは、遠くからまるでカメラマンのように、必死で先生の姿を写してくれた。
　私の気持ちをわかってくれる、大事な友達がいる。それだけで満足だった。
　少し大人になった３人。でも変わらない３人。

　同棲を始めた依子は、なんだかとてもしっかりして見えた。相変わらず、スーパーの特売には詳しい。龍(りゅう)と同じ色に染めたほんのり茶色い髪が爽やかだった。
　ゆかりも少し髪が伸びて、大人っぽくなった。短大でできた友達がすごくいい子で、やきもちなんて焼けないくらいに安心した。
　私がいない場所でも、ゆかりには笑っていてほしいから。
　たっくんとゆかりのふたりには、ハラハラする程いろんな事件が起こる。いつの間にか、先生に憧れているたっくんは、私とゆかりの知らない所でこっそり先生に会いに学校に来ていた。
　幸せになってね、ゆかり。
　幸せになってね、依ちゃん。
　私を支えてくれた大事な友達。

ふたりが私の代わりに悔しがってくれるおかげで、私はなんだか落ち着いていられる。
　女の子に囲まれる先生を見ても、今は辛くなかった。
　先生はみんなの先生。
　でも、私だけの彼氏。
　我慢しなきゃいけないこともたくさんあるけど、私は幸せ者なんだ。

「先生‼」
　私の代わりに、先生の腕をつかむゆかり。
「はい、プレゼント！」
　ゆかりは、先生の前に私を突き出す。
「写真……一緒に撮ってもらっていいですか？」
　長い時間遠く感じていたせいで、片思い気分炸裂。
　片思いの女子高生。もしくは、気の弱い追っかけ。
　先生が、肩に手を回す。とても自然に……。
　生徒がいるのに……。たくさんの視線が先生に向く中で、肩に手を回してくれた。
　溢れる涙に気付いた先生が、ポケットから出したのは、玉虫色の虎の描かれたハンカチ。
「すげー、凝ってるだろ、この仮装！」
　写真を撮り終えた私は、先生に握手を求めた。またまたファンモード。
「握手いいですか？」
　真っ赤になり先生に握手を求める姿に、ゆかりと依子が

ただただ爆笑していた。

　しっかり握られた手は、いつも握っているのに久しぶりに感じられた。

　片思いしていた頃、握手してもらったあの時の気持ち。大好きな先生との握手のあとは、胸が苦しくて息ができないんだ。

　その手を頬に当てると、先生の手のぬくもりが甦ってくるようで、握手の後は必ず頬に手を当てていたっけ。

「じゃあ！　またあとで!」

　先生は、着替えるために校舎の中へ走っていった。

　少しだけ、視線が気になった。激しく突き刺さるような視線と、羨ましがられているような憧れの眼差し。

「直、よかったね!」

　ゆかりと依子と３人で手をつなぎ、全速力で走った。

　何度も走ったこの校庭。

　夏の暑い日に下敷きで顔をあおぎながら、体育の授業を受けたこの場所。冬の寒い日に、半袖でここを走ったね。

　辛かったけど、校庭を１周走るたびに、先生が『がんばれ〜』って声をかけてくれるのが、ものすごく嬉しかったんだ。

　寒さも疲れも吹っ飛んじゃうくらいに、先生の威力は凄かった。

　大人になっても、きっと何も変わらない。ドキドキする気持ちも、こんなキラキラした日々もきっと永遠。高校生じゃなくたって、いっぱい青春できるんだ。

着替えて運動場に戻って来た先生は、髪を手でぐちゃぐちゃっとして、その乱れ加減がまた素敵だった。そして、先生は自分のかっこよさにも気付かずに、靴ひもを結び直し、空を見上げた。

「今、またかっこいいとか思ったんでしょ？」
　ゆかりは私の顔を覗き込みながら、嬉しそうに笑う。
「わかるよ、直！　私もたっくんの風呂上りの髪型とかドキドキするから！」
「わかる‼　私も龍が黒髪にした時、惚れ直したよ！」
　久しぶりに３人の彼氏自慢、スタート！
　修学旅行の夜を思い出す。
　大好きな人と一緒に修学旅行に参加できたのは、私だけだった。
　先生に会いたくて、廊下をうろうろしてたね。自動販売機の音が響く旅館の廊下。彼氏のどこが好きか、夜中まで話してたっけ。
　言っても言っても終わりがないくらいに、３人とも彼氏の『好きな所』がたくさんあった。

　そして、今も変わらずどんどん出てくる、彼氏の好きな所。
　依子は、朝食の食パンをかじる龍の顔が好きだと言った。重いスーパーの袋を、さりげなく持ってくれる優しさが好きだって。

ゆかりはね、バイト中のたっくんの後ろ姿と、声が好きだと言った。
　喧嘩の多いふたり。別れたり、他に気になる人ができたり、いろんなことのあるふたりだけど、きっと、この先も変わらずふたりは一緒にいるだろう。
　私は相変わらず、先生マニア炸裂で……。コーヒーを冷ます時の口の形とか、パソコンで仕事している時の横顔とか……。こんなふうに3年後、5年後、10年後も……今と同じ相手にドキドキしていたいね。

　3人とも、大好きな人と結婚できるといいな。
　見上げた空は、また表情を変えていた。小さく浮かんでいた雲達は、大きなひとつの雲になって、優雅に空を散歩していた。

4. 言えない真実

　懐かしい体育祭の時のことを思い出したせいで、私はドキドキしていた。あの学ラン姿……また見たいなぁ、なんて思っちゃうんだ。
　沖縄の空は、あの体育祭の日の空と同じように澄み切っていて、小さな雲が浮かんでいた。
　お腹の減り具合と太陽の位置で、昼ごはんの時間だと判断した先生。

「きっと、今は12時ちょうどだな！　飯行くか！」
　水着の上にTシャツを着て、自転車で一番美味しい食堂へ向かう。濡れたお尻が変な感触で、お尻を浮かせて自転車をこいだ。

「なーーおーー‼」
　じゃりの坂道を、軽々と進む先生。なんだかこの土地に馴染んでいて、現地の人のようだった。

「せーんせーーー‼」
　大きな声で叫んでも、私の声に振り向いてくれるのは先生だけだった。
　宿泊場所の近くにはたくさんの観光客がいるのに、少し離れると本当にふたりきりだった。

ここが日本だと思えない。ジャングルのような雰囲気。
　見たこともない深い緑色の葉をつけた、大きな木。着色料を使っているかのような、鮮やかなピンクの花。
　バナナのような実をつけた背の高い木を見上げた先生。
　デジカメでそのバナナの木を写真に写す。その隙に、バナナを眺める先生をパシャ……。
　まるで、アフリカかどこかのような……匂いまでもが外国のようだった。

　スピードを緩めてくれた先生がくねくねと自転車をこぎながら、叫ぶ。
「なおーー！　俺はーーお前を愛してるーー!!」
　森の中からひょっこり顔を出したポニーが、照れてる私の顔を見た。
「せんせーー!!　愛してるーー!!」
　私達は、バカップル？

　教師と生徒として、我慢する恋愛をしてきた私と先生は、何かを発散するかのように大声で叫んだ。
　あの時、言えなかった言葉。
　あの頃、伝えることのできなかった気持ち。
　抑えて、我慢して、耐えた分……今は堂々と気持ちをぶつけ合うことができる。

「到着〜!!」
　私達が到着したのは、昨日宿のおじいさんに教えても

らった美味しいおそば屋さん。さっきまでのジャングルが、夢のよう。観光マップにも載る人気の店は、店の外までお客さんが溢れていた。

「うまいなぁ!! 最高!」
　今日のお昼ご飯は、この店で八重山そばを食べると決めていた。沖縄そばとも少し違う細い麺で、火照った体に染み込んでいく優しい味だった。

「直! カキ氷食っちゃう?」
　壁に貼られたカキ氷のメニューを見て、先生は子供のようにはしゃぐ。
　そばをすする顔が好き。
　朝よりも伸びたひげ。頭に巻いたタオル。
「直? そんなに俺が好きか?」
　私の熱視線に気付いた先生が、手を止めて、ニヤニヤと私を見た。

　好きだよ。見飽きることがない。先生の全てが好き。
　カキ氷ふたつって指を2本立てる先生に、ドキッとするんだ。
　何味にするか言っていないのに、私の好みをわかってくれる先生を、心から大切に思う。
「直は、特製いちごミルク! 俺は、マンゴー!」
　今の顔、写メ撮りたかった。動画で残したかった。かわいすぎて、抱きしめたくなった。

先生は食べ物を粗末にしない。昔から変わらない。
　私がいつも綺麗に最後まで食べると、褒めてくれた。先生の両親はきっと先生に、たくさんの大事なことを教えてきたんだね。

「マンゴー最高‼　ほら！」
　まだいちご味の残る私の口の中に、マンゴー味が広がる。最近の先生のお気に入りのマンゴー。
「いちごミルクもあげる！」
　素直に口を開けて待つ先生がかわいい。食べ終わったふたりのカキ氷の容器は、まるで洗ったかのように綺麗になっていた。こんな所も大好きなんだ。

　絶対にゴミを捨てないところや、絶対に食べ物を残さないところ。
　そして、絶対にきちんと避妊してエッチしてくれるとこも……。いつもいつも『ありがとう』って思うんだ。

　カキ氷を食べ終わると私達はまた自転車に乗り、砂浜へと向かった。太陽の光をさえぎるために海辺にある木陰に座った。
　カキ氷で冷たくなった体はすぐに熱くなる。高い位置から私達を見下ろす太陽のせいなのか、私の膝の上で眠る先生のせいなのか……。体が熱い。
　幸せすぎて怖いよ、先生。先生が私の膝の上で眠ってる

なんて……。
　この状況が、やっぱりまだ夢のように感じる私はおかしいのかな？
　教師と生徒として出逢ったから？
　先生が教師だから？
　今でも私は先生を彼氏として以外に、「教師」として好きなんだ。
　だからね、時々高校時代のように『矢沢！』って呼んでもらうんだ。そうすると、胸の奥がきゅーーってなるんだ。昔に戻ったように、あの切ない気持ちが甦る。

『今から出席取るぞ‼　声の小さい奴は欠席にします‼』
　先生の授業の始まりは、いつもこうだった。
　声の小さい私。
『矢沢‼　あれ？　矢沢はいないのかぁ？　お前は、休み時間だけ声がでかいんだから！』
　なんて……言われて、喜んでたっけ。
　懐かしい。大好きだった先生の授業。出席簿と生徒の顔を交互に見る先生の顔を、いつも見つめてたんだよ……。
　あんなに遠かった大好きな体育の先生が、今……自分の膝枕で眠ってるんだ。なんだか信じられない。

　卒業してからの何ヶ月かは、本当に『先生してる先生』が恋しかった。どうしてだかわからないけど、授業をしている先生が見られないことが寂しかった。

『ふん……お前はどうせ、卒業したら俺なんか好きじゃないんだ……』
　なんてスネた先生もかわいかった。

　確かに辛い恋愛だった。
　会いたいのに会えなくて、わがままも言えなくて、そしてただ……先生を信じることだけしか、私にはできることがなかった。
　でも、すごく幸せな恋でもあった。たくさんの友達に支えられ、大好きな先生の顔を毎日見ることができた。
　学校では話せない分、夜の電話が１日の楽しみだったね。
　あの頃も、今も……。全部が私の幸せな時間。

　今はもうあの恋には戻れない。だからこそ、あの時の気持ち……絶対忘れちゃいけないんだ。先生がそばにいることを、当たり前だと思ってしまうことが一番怖いから。
　先生を好きな生徒の気持ちも、わかってあげられる彼女になれたら……。それってすごいよね。
　自信はないけど、そんな心の大きな女性に憧れる。

「……んん……」
　先生？
　海岸を走る幼い子供の無邪気な笑い声に、眠っていた先生が少し動く。一瞬だけ目をうっすらと開けて、何かつぶやいて、またすぐに夢の世界へ……。

どんな夢を見てるの？
　あなたは、今、幸せですか？

　私を信じきっているかのように、体を預けてくれる。寝顔も最高にかっこいい。直射日光をさえぎるために、先生の顔に帽子を乗せた。
　腕を組みながら眠る先生。眠っていても、筋肉はピンと張っていて、力強い。きっと、今猛獣が襲ってきたとしても、先生はすぐに立ち上がり戦うことができるような気がする。
　帽子を持ち上げて、先生の顔を覗き見る。
　かっこいいのに、かわいい。先生が自分の膝枕で眠るなんて……。夢のようだよ。
「……んん……あぁ……」
　視線を感じたのか、先生はまた何かつぶやいて、体を動かす。

　寝起きの先生の眠そうな顔も大好き。先生の家にお泊りした日の朝は、絶対に先に起きてその顔を見たいって思う。
　だけど、先生が先に起きることが多いんだ。先に起きた先生は、コーヒーを入れるためにお湯を沸かしてから、私のおでこにキスをする。
　先生のキスで目覚めた私は、夢と現実の間で大好きな人の胸に抱きつく。
　目を開けて最初に先生の顔を見られる瞬間もたまらなく

幸せなんだけど……。結婚したら私が先に起きて、先生の寝顔にキスしたい。

　先生を好きな女の子がこんな姿を見たらきっと泣いちゃうね。彼女の膝枕で眠る先生。
　そういえば、先生は私達が卒業してから学校で変なあだ名で呼ばれてるんだって笑ってたね。
『アラカズ』
　それを先生から聞いた翌日に、別の人からそのことを聞いたんだ。
　もう長く続いているパン屋のバイト。バイトを辞めようかと真剣に悩んだくらいの、大きな出来事だった。

◆◆◆◆◆◆◆◆◆◆◆◆◆◆◆◆◆◆◆

　体育祭が終わってすぐのことだった。
新しくパン屋にバイトに来た高校生の女の子は、私の母校の生徒。と、いうことは……先生の生徒ってこと。
　とても優しくてほんわかした子で、私とすぐに仲良くなった。
　でもね……一番恐れていた事態。

『好きな人いるんですけど、体育の先生なんですよ～！』

好きな相手の先生の名前は、聞かなくてもわかる。うちの高校の体育の先生でかっこいいのは『先生』だけだから。

『彼女いるって噂もあるんですけど、私はいないと思います。最近みんなでアラカズって呼んでるんです。新垣和人って名前だから!』
　昨日、先生から聞いたことを、今度は先生の生徒からまた聞く……。胸の奥が、ズキン……って痛む。
「アラカズなんて呼ぶ生徒がいて、かっこわりぃよ」
　昨日先生はそう言いながら、恥ずかしそうに笑っていた。それを聞いて、すぐに感じたこと。先生をそう呼ぶ生徒は、先生を好きなんじゃないかって。
　私の出身高校を知らない彼女が、私に先生のことを話すのは仕方のないこと。
　彼女の名前はモミジ。
「モミジ、私……実は同じ高校なんだよ!」
　早く本当のことを言わないと……。そう思いながら、先生の生徒だったことを言った。
　モミジは私の腕をつかんで、目をキラキラと輝かせた。
「直さん!　卒業アルバム見せてください‼」
　言えなかった。彼氏なんだ……って。言えるわけないよ。
　黙ってることはモミジを裏切るってこと、嘘をついてるってこと……。でも、言えなかった。あんな嬉しそうなモミジに言えないよ。
　わかるから。すごくすごく気持ちがわかって、胸の奥が

苦しいよ。

　バイトの先輩の結衣さんにだけ、本当のことを話した。モミジとも私とも仲のいい結衣さんは、私の告白にただただ困った顔をした。
「そうだったんだ……直、あんたも辛かったね」
　結衣さんに相談できたことで、少し気が楽になった。
　でも、パンの名前と値段を必死に覚えるモミジを見ると、胸が痛む。モミジは会うたびに、先生の話をした。
　昔の私そのものだった。
　あの時、もし、先生に彼女がいるって知ったら私はどうなっていただろう。しかもその相手が、仲のいいバイトの先輩だったら……？
　モミジが先生の話をすると、不思議な気持ちになった。
　聞きたくないような聞きたいような、複雑な気持ち。私の知らない学校での先生の話、もっと聞きたいとも思ってしまうんだ。

『今日のアラカズ、あくびばっかりしてたんです！』
　そう話してくれた日の前の晩、そういえば長電話をしていたっけ。
　本当のことを言わなきゃ……。そう思えば思うほど、言い出すきっかけが見つからない。遅くなればなるほど、傷つけてしまうこともわかっていた。
　先生にそのことを話すと、大きなため息をついた。
「モミジってあの生徒？　お前と同じパン屋でバイトして

んの？　マジかよ……」
　本当かどうかわからないけど、今先生を好きっぽい生徒は、唯一モミジだけなんだと先生は言った。
　よりにもよってどうしてその生徒が、私と同じバイト先に来るんだろう。神様はまた試練を与えた。

　それから数ヶ月、本当のことが言えないまま時間だけが過ぎた。結衣さんの配慮で、モミジと一緒にバイトに入る日が減った。
「俺が言おうか？」
　先生の気持ちは嬉しいけど、先生から聞くって残酷だよ。
「自分で言うから、大丈夫」
　何度もこんな会話を繰り返しながら、なかなか言えずにいた。

　結衣さんは言うんだ。
「誰から聞いてもどんな形で聞いても傷つくのは同じだから、自分で言いなさい！」
　失うことになるかもしれない。モミジの心に大きな傷を残してしまうかもしない。
　でも、このまま裏切り続けることはできない。

　ある日、夜中までゆかりに相談して、やっと決心がついた。
　本当のことを言おう。遅くなったことも、ずっと黙って

たことも……きちんと謝ろう。
　大事な後輩だから……。ちゃんとわかってほしい。同じ人を好きになった私とモミジは、どこか似ているとも感じていた。
　同じ時間にバイトを入れた。先生の話題が出たタイミングで話そうと思った。

「直さん、アラカズの彼女の噂なんですけど、結構軽い人らしいんです」
　人の噂は恐ろしい。私を軽いと言う人がいるなら、会ってみたい。こんなにも先生一筋で、先生しか見えていないのに……。
「あのね……実は、話があって」
　帰り支度をしていた結衣さんが代わりに店に入ってくれて、私とモミジは着替え室で話をすることになった。
　何も知らないモミジは少し震える私の手を見て、不思議そうな顔をしていた。
「モミジ、本当にごめん！　私、今まで本当のことが言えなくて……」
　パン屋さん独特のイースト菌の匂いと、生温かい空気。手の震えが止まらなかった。

「先生と……付き合ってるんだ」
　何が何だかわからない表情で、モミジは私を見つめていた。
「ごめんね……モミジの好きな新垣先生の彼女って私なん

だ……」

　随分長い沈黙が続いた。店に客が誰も来ていないせいで、レジの前の結衣さんにも全部聞こえていた。
「なんだ……そうなんだ。私こそごめんなさい……」
　モミジのエプロンに涙がポタポタと落ちて、染みこんでゆくのが見えた。その時、結衣さんが着替え室のドアを開けた。
「モミジ、わかってあげて。直は相当悩んでたんだ。あんたを傷つけたくないって!」
　結衣さんも知っていたことに、モミジはもっと涙を流した。でも、笑ってくれたんだ。
「よかった……大好きな先生の彼女が直さんでよかった。噂が間違っていてよかったです」

　無理して作った笑顔が痛々しくて、私も結衣さんも泣けてきた。
「時々話してくれた彼氏の話って、アラカズのことだったんですか?　じゃあ、ラブラブなんですね。安心しました」
　その日以来、モミジはバイトに来なくなった。それが彼女の優しさだと思った。
　本当は、私が辞めるべきだったんじゃないか……。
　モミジは何も悪くない。ずっと言えなかった私が悪かったのに。

結衣さんのフォローもあって、モミジは1ヶ月後にバイトに復帰した。すっかり髪型も雰囲気も変わったモミジは、新しい恋を見つけたらしい。
「直さん、もう先生のことは憧れになりました。直さんのおかげで、学校でもよく話しかけてくれるんで、前よりも学校が楽しいです‼」
　モミジの誠実さは、私と先生にしっかりと伝わっていた。誰にも言わなかった。モミジは、私と先生のことを秘密にしてくれた。
　親友にも言わず、ひとりで乗り越えてくれた。先生の彼女が軽い女だって噂だけ、消してくれた。
　だから、先生の彼女が元生徒だってことも、まだみんな知らない。

「私の友達に奈緒子って子がいるんですけど、わざと先生の近くで『なおー』って呼んでみたんです！　そしたら先生、ビクって驚いててめちゃくちゃかわいかったです‼」
　なんて、笑顔で話してくれるようになった。

　モミジの涙を忘れちゃいけない。私と先生の幸せの裏で、たくさんの人が泣いているってこと……。
　昔の私のような恋する高校生が、私のせいで悲しい想いをしてるってことを、しっかりと感じながら生きていくんだ。
　みんなが納得してくれるくらい、先生をもっともっと幸せにしなきゃ、罰が当たるよ。

◆◆◆◆◆◆◆◆◆◆◆◆◆◆◆◆◆◆

　太陽は相変わらず、直視することができないほど激しく私と先生を照らす。
　初めての沖縄で知ったこと。私の住む町とは、太陽の種類が違うんじゃないかって思う。この風も、この時間の流れも……。

　膝の上で眠る先生の髪をそっと撫でた。
　今でもはっきりと思い出すことができる。モミジちゃんが先生を好きだと言った時、体中が震えたような気がした。
　怖かった。
　先生を好きな子がたくさんいるんだろうな、と想像していた私の前に実際にそういう存在が現れた。
　心配で、不安で、また弱虫になる。
　陸上部の女の子のことで喧嘩をしてから少しだけ大人になれたと思っていた自分が、まだまだ子供なことに気付いてしまったんだ。

　私はこれからもたくさんこういう経験をして、強くなっていくのかな？
　強くなれるのかな？

信じていることと、やきもちを焼くことはどう関係してる？　信じていれば、やきもちを焼かないのだとしたら、私は先生を信じていないことになるよね。
　こうして寝顔を見ていても、やっぱり心のどこかに不安はあるんだ。
　バイトに戻ったモミジから聞く学校での先生は、昔のまま、生徒の人気者。
　特に男子生徒からの人気が高く、いつも先生の周りには生徒がいる。
　それが嬉しかったんだ。
　女子に人気がある理由は、かっこいいからってのもあるかも知れないけど、男子からの人気は、先生の人柄や生徒への思いやりが伝わっているからだと思うから。

　時計がないって面白い。時間を知る方法は、太陽の位置と自分のお腹だけ……。
　先生のおでこに手を乗せた。
「……ん……なおぉ……どした？」
　一瞬目を開けた先生の頬を撫でた。
　チクっとするひげも、随分伸びた。伸びるの速いんだ、先生のひげ。

「好きだよー。先生を先生としてもね」
　先生は私の声を聞いたのか聞いていないのか、少し微笑んでまた眠った。

確かに一目惚れだった。
　でもね、先生の性格がもし違っていたら、私は好きにはならなかった。ただ、かっこいい先生として憧れていただけだと思う。

　入学式での挨拶も、すごく胸に響いた。
『一生忘れられない青春の思い出を作ってください』なんて、クサい言葉をくれた。
　そんな挨拶をする先生は、いなかったんだよ。
　先生は、勉強以外の『何か』をいつも教えようとしてくれた。
　体育の授業の最初は、先生はいつもちょっとした話をしてくれたよね。それは、いつも私達の聞きたい話だった。
　説教なんてしない。耳の痛くなるような話じゃない。
　先生は言ってた。
『耳の痛くなるようなうるさいことは、他の先生が言ってくれるだろ？』って。

　テスト前に勉強をしない私達生徒に、先生は直球は投げない。
『勉強しなさい』なんて言わないんだ。
　先生は、外国の貧しい子供達がどんなに学校へ行きたいと願っているかという話をしてくれたことがあった。授業の最初の10分で、私達生徒は気持ちを入れ替えることができた。
　食べ残したパンをゴミ箱へ投げるうちのクラスの生徒を

見つけて、先生が本気で怒ったことがあった。

　鋭い目をして、その生徒の胸ぐらをつかんだ先生は、その日のホームルームで食べ物の大切さを語ってくれた。

　とてもわかりやすく……私達の心に入ってくるんだ。

　食べ物がなくて苦しんでいる子供達の話や、戦時中の貧困の話。

　先生の担当教科は体育。先生は、体育の先生なんだけど、先生の頭の中にはたくさんの知識が入っているんだ。そこがまた先生の人気の秘密。

　先生は、生徒のオアシスのような存在だった。

　先生は、生徒の悩みを聞く時、絶対に目をそらさない。学年で一番不良だった男の子が、先生にだけは逆らわなかった理由もわかる。先生は、相手が誰であっても真剣に相談に乗ってくれる先生なんだ。

　だから、お姉ちゃんのことで悩んでいた私のことを助けてくれた。

　私じゃなくても、先生は助けてたんだよ。そういう先生だから、私は好きになったんだ。

　かっこいいだけで好きになんてならないよ。

　高校生はそんなに子供じゃない。だから、今先生に恋をしている高校生も、きっとそうなんだ。かっこいいから、とかそんな理由だけで先生を好きなんじゃない。

　だからこそ、本気だし、その気持ちは重いんだ。

　改めて、感じてる。

『教師としての先生』の素晴らしさ。
　そんな素敵な先生の彼女である私は、もっともっと素敵にならなくちゃ……。

『さすが、新垣先生の彼女は素敵だね』って言ってもらえるように、みんなから祝福してもらえるように、成長していきたいんだ。

SECOND WIND

5. 午後の雲【先生】

　太陽の位置から想像すると、今は午後2時頃。日差しは、俺と直の背中をこんがりと焼く。水着に着替えた直の背中に塗った日焼け止めは、もう役に立たないだろう。
　砂浜にただ寝転んでいるだけなのに、心も体もどんどん癒されて、透明になってゆくようだった。
　愛する人との旅は、俺にとって絶対に忘れられないものになる。

　午前中には雲ひとつなかった空に、小さな雲が顔を現す。遠慮がちに空の端っこに顔を出した雲は、少しずつ太陽に向かって近付いてゆく。
　それはまるで、最初に直に恋をした時の俺の姿ようだった。

　直との初めての旅行。
　やっと、やっと実現した旅。
　長い間待たせてしまった。
　出発の3日前にキャンセルになってしまった、去年の秋の旅行。泣きたい気持ちを隠し、直は笑顔を向けた。
　自然が好きな直は、買い物よりも自然の中でのんびりしたいと言った。俺と似ていて、また惚れる。

「先生のエッチ!!」
　俺が水着の肩の部分を引っ張ると直は、俺の手を叩く。
「焼けてるかなぁって、チェックしただけだろぉ!」
　そう言いながら、肩ひもをずらす。
　誰もいない砂浜でじゃれ合うこの時間が夢のように幸せで、この世界にふたりしかいないんじゃないかと思えてくる。

「背中に日焼け止め塗ってやろっか?」
「だめ!　今の先生エッチな顔してるからだめ!」
　バレたかぁ……。
　誰もいない砂浜で、直を押し倒す。
　昨夜は、疲れて眠ってしまった直にこっそりおやすみのキスをしただけだった。
「直……俺、我慢できねぇ……」
　水着姿の直を抱きしめて、首筋にキスをすると、直から吐息が漏れた。
「直もスイッチ、入っちゃったかぁ?」
　俺は、直の唇にキスをした。海の味がした。

「だめだよ……せんせ。人に見られる……」
　恥ずかしそうな表情がかわいくて、俺はまたキスをした。
　背中に照り付ける太陽が、俺を熱くする。木陰から俺達の様子を見つめるヤドカリ達。

「直……今夜は熱い夜になりそうだなぁ……」
　現実問題、避妊具を宿に置いていたので、エッチするわけにもいかないか。卒業したとはいえ、俺と直は律儀に真面目なエッチをしてるんだぞぉ。
　意外に真面目な俺と直。こんなふたりが自分でもかわいく思える。
　俺は、直の唇にそっとキスをした。直も同じように俺にキスをした。

　この島に来て良かった。
　何もないこの島には、たくさんの素晴らしいものが詰まっている。
　何もないからこそ見えるもの。
　コンビニも、信号も、テレビもない。
　インターネットも、携帯もない生活。
　シンプルな生活が、今一番難しかったりするんだ。
　起きて、朝日を見て、飯を食って……。自然と共存していると感じながら過ごすことの幸せ。
　派手な店も、ブランドショップもない。海と空と緑に囲まれた世界。
　だからこそ、お互いの心がよく見える。
　もっと……好きになっちゃっただろぉ。
　俺は帰りの飛行機の時間を、わざと間違えるかも知れない。
　直と離れたくない……。ずっとこの島でふたりで過ごしていたい。

俺の足を砂に埋める直。無邪気に砂を掘る直を、ただ見つめる俺。
　空には、真夏のようなもくもくとした雲が現れていた。

　直が好きな空。
　直が好きな雲。
　直が好きなものは、俺も好き。
『先生の好きなものは私も好き』
　直はいつもそう言うけれど、俺だってそうだよ。
　だから俺は、俺自身が好きになれたんだ。
　お前が俺を愛してくれるから。

　夕暮れ時までに、雲が消えてくれることを願った。この島の桟橋からの夕日は、最高に美しいらしい。
　行きのフェリーの中でも、さっきの食堂でも観光客の話題になっていた。

「直、どこ行くんだぁ？」
　直は俺の両足を砂に埋めると、貝殻を捜しに波の方へ走り出す。相変わらず走るのが好きだ……。

　懐かしく思い出す。今でも昨日のことのように……。
　直が俺に向かって走ってきたあの廊下。やっぱり今でも、直の面影が残ったままなんだ。

音楽室の前の廊下から見える夕日は、あの頃と変わらない。でも、今はちょっぴり切ない。隣にお前がいないから。

「先生‼　見て！　綺麗な貝殻見つけたよ！　おみやげに持って帰ってあげたら？」
　直は、面白い形をした様々な貝殻を俺の手のひらに乗せた。
　直の言う『おみやげを渡す相手』とは……言わなくてもわかる。
　直は優しい子だから……。やきもち焼きな直なのに、そこだけは絶対に我慢して尊重してくれる。

　俺の『娘』……。娘へのおみやげってことだろ？
　本当は、忘れてしまいたいくらい辛い現実なんだと思う。一生俺から切り離すことのできない娘の存在は、絶対に直を苦しめているはずなのに。直は笑う。
『先生の娘さんだから、私の娘でもあるんだよ』
　苦労や心配ばかりかけてしまう俺を、直は一生愛してくれる？
　俺は直のくれた貝殻をポケットへ入れ、直の頭を引き寄せた。
　ゆっくり流れる時間。雲はスピードを上げて、進む。
　太陽は頑張りすぎて、ひと休み。
　俺は直を抱きしめて、耳にキスをした。
「直……お前は優し過ぎるんだよ。ありがとな」

俺が言えないことを、いつもお前が汲み取ってくれる。
あの時もそうだった。
去年の12月。クリスマス前の土曜日だった。

◆◆◆◆◆◆◆◆◆◆◆◆◆◆◆◆◆

　クリスマス前の休日は、どこもかしこも人だらけ。堂々とデートできる最初のクリスマスを翌日に控え、俺も直も浮かれていた。

「先生、プレゼント何がいい?」
　俺の腕に絡みつく直。
　最近できた大きなショッピングモールの喫茶店に並びながら、クリスマスプレゼントの話をしていた。
「俺? いらねぇって。お前とラブラブな時間過ごせるだけで幸せ～!」
　コツコツバイトで貯めた金を、俺のプレゼントになんて使わなくていい。そう言ってるのに、直はどうしてもあげたいの! と言い、鞄の中からプレゼントを出した。

「実はもう買っちゃったんだ! ごめんね。明日まで待てないから渡す!!」
　10人程並んでいた喫茶店も、あっという間に順番が回ってきた。回転が速い店なのか、直と一緒にいる時間が

速く感じるのか、どっちだろう。
　プレゼントはネクタイだった。
「最近先生、学校に時々スーツ着ていくでしょ？」
　直のくれたネクタイは、俺の好きなシックな色。濃い紫色と黒のストライプのネクタイ。

「いいじゃん！　サンキュー、直」
　店内の人の目も気にせずに、俺は直の手を握る。
　俺は直へのプレゼントを決めかねていた。本当の気持ちを言えば、クリスマスに正式にプロポーズをしたかった。
　卒業式に渡した指輪は、給料３ヶ月分にも満たないものだった。ちゃんと、婚約指輪として大きなダイヤの付いた指輪を渡したかった。

　――まだ早い……。
　誰かが囁く。
　教師である『俺』が教え子の『矢沢直』を心配している。
　まだ結婚以外にやることがあるだろ？　直はまだ学生なんだ。社会人になるまで我慢するんだ。
　昔あげたネックレスとよく似たネックレスを買おう。毎日付けてくれているから、そろそろ新しいネックレスをあげよう。
　来年のクリスマスには、俺の愛情たっぷりな婚約指輪をあげてもＯＫ？

　さっき、２階にあるジュエリーショップの前を通った時

……直は指輪を見ていた。しかも、結婚指輪。大きさの違う指輪がふたつ並ぶショーケースの中を見つめる直。
　結婚指輪が欲しい？　もうお前は結婚したいのかぁ!!　直。
　どうなんだぁ。直は学生で結婚してもいいと思ってんのかぁ……。
　おーーい!
　ケーキに夢中になりすぎだってば。ケーキを頬張る直を見つめながら、俺はそんなことばかり考えていた。

「今日はいちごのタルトじゃねぇの？」
　珍しくモンブランを注文した直は、隣のテーブルのカップルを見た。
「だって……美味しそうだったから」
　直が見つめる先には、モンブランがふたつ。カップルでモンブランを食べているのを見て、自分も食べたくなったようだ。

「まだまだ子供だな、直は」
何気なく言った俺のひと言に、プーっと膨れた。
　直は早く大人になりたいのか？　俺はそのままのお前が好きなんだけど。
「あとで、おもちゃ売り場行こうね!」
　子供扱いして悪かった。お前は子供なんかじゃない。俺よりもずっとずっと大人だ。
　俺が心の奥で気になっていたことを、直は読み取ってく

れていた。

　ただケーキを食ってるだけに見えて、お前の心の中や頭の中では、いろんなことを考えてるんだ。しかも、その中心にいるのは俺。

　直じゃなく、俺のために……。

　俺から言い出しにくい話題。その扉を、直がいつもそっと開けてくれる。

　ケーキを食べ終えると、すぐに店を出た。直に強引に腕を引っ張られて、たくさんの人でごった返したおもちゃ売り場へ到着した。

　今、子供の間で流行っているアニメの変身系のグッズ売り場は、俺の娘と同じくらいの子供で溢れ返っていた。
「やっぱ、今はこれだよ‼　絶対喜ぶと思うよ〜！」

　ピンクの丸いリモコンのような物体に、ボタンがたくさんついているおもちゃ。それを手に持ちながら、直までもが嬉しそうにはしゃいでいた。
「それ、何？」

　俺は、そのピンクのリモコンを欲しい欲しいと泣き叫ぶ女の子を見ながら、直に問う。
「これはね、いろんなボタンがついてて、それぞれ違う音楽が流れるんだよ！　ほら！　この赤いボタンで変身できるんだから‼」

　おいおい。お前は、どこまで詳しいんだぁ？

　お前は、もしかして……俺のため、俺の娘のために……それを調べてくれたのか？

何をあげていいのか、俺にはわからなかった。正直、直がいなければプレゼントさえ買えなかっただろう。
　実際、俺は今までクリスマスに娘に会ったことがないし、誕生日にも会ったことがない。
　俺が会うのは、母親が指定した日。それは、子供の日でも誕生日でもクリスマスでもなんでもない、ただの日曜日。
　1年に1度か2度だけ。
　直はさ、快く見送ってくれるんだ。
　本当は泣きたいくらい辛いのに、
「行ってらっしゃい!」
　って笑顔で俺を送り出す。

「じゃあ、お前がそこまで言うならこれにするよ!」
　子供達の波に飲まれた俺を置いて、直はレジへ並ぶ。慌てて俺も直の元へ急ぐが、子供達が足に絡みつき、なかなか前に進めない。それを見た直が、母親のような優しい微笑みを浮かべた。
　プレゼント用に包んでくださいと言い忘れた俺に代わって、直が言ってくれた。
　直はすげぇよ。俺にはもったいないくらいのいい女。

「サンキュ……な!」
　ピンクの包装紙で包まれるおもちゃを見つめる直の頭を撫でる。

撫でた時の見上げる顔が好きだ。照れたように俺を見る直が、たまらなく愛しく感じる。

「明日、渡してきていいよ!」
　明日は12月24日。クリスマスイヴ。
　女の子にとって、大事な日。恋人達にとって、とても大事な日なのに……。
「ばぁか!　明日はお前と過ごす!」
「明日は私は家族と過ごしたいから、ちゃんと渡してきて‼」
　嘘だってわかってるけど……。結構頑固なんだよな、直は。直の優しさに今回は甘えてみよう。

「じゃあ、夜は俺のために空けといてくれる?　飯食いにいこうぜ!」
　直は、満足気に微笑んで、俺の腕に絡みつく。
　かわいいピンクの包装紙に包まれた、プレゼント。直からの、俺と娘へのクリスマスプレゼント……。

　今は家族3人で平和に暮らしている娘。結局、別れたり戻ったりしていたあの男と結婚を決めたらしい。
　俺が干渉することで、娘の精神面を乱してはいけない。俺は、娘の母親に連絡を取り、プレゼントだけ渡したいと伝えた。
　迷惑だと言われる覚悟で電話をすると、とても喜んでくれた。

『あの子も連れて行くから!』という母親の言葉に胸を弾ませ、近くの公園で待ち合わせた。
　直は、きっと想像してる。俺が娘と抱き合う姿を……。
　そして、それを辛いと思ってしまう自分を責めるんだ。直はそういう子だから。

「パパーーーー!!!!」
「おぉ!!　大きくなったなぁ!　元気かぁ?」
　娘の背中には、俺があげたリュックサックが……。
　俺の胸に飛び込んでくる娘を、ぎゅっと抱きしめた。
「パパーーー!!　元気?」
　どことなく直に似ていると感じるのは、こういう所。子供のクセに、俺を気遣う優しい性格。
「元気だよ!　これ、クリスマスプレゼント!!」
　直が選んでくれたプレゼントは、子供達の間では知らない子がいないってくらい人気のアニメのおもちゃだった。
　公園のベンチでプレゼントを開けた娘は、直が言っていた通り、赤いボタンを押して「変身!!」と、嬉しそうにその場でジャンプした。
　ふたりきりで数分話している間に、娘の口から「お父さん」という言葉が出た。
　それは俺を指すものではない。新しい「お父さん」。やっと受け入れることができたのか……。
　新しいお父さんをちゃんと「お父さん」と思えているこ
とに俺は安心した。

俺は何もできないけど、祈ってるから。
　お前が優しい心の持ち主に育つこと。
　お前が笑って毎日過ごせること。
　だから元気で、頑張れ。そう伝えて、手を振った。

　ありがとう、直。直がいてくれなかったら、俺は自分から会いに来るなんてできなかったよ。ただ遠くから、元気でいるのか、と心配しているだけだった。
　直のおかげで……。流行のおもちゃで遊ぶ、成長した娘を見ることができた。

◆◆◆◆◆◆◆◆◆◆◆◆◆◆◆◆◆◆◆

　ザザーーーーー。
　ザザーーーーー。
　太陽は、さっきまで雲に囲まれていたのが嘘のように、孤独に輝いていた。太陽のまぶしさに、雨雲は逃げ出したんだろう。

　直、お前は俺の太陽だ。
　いつもいつも、俺はお前に救われる。お前の『大丈夫！』に支えられてるんだ。

「なーおーーー!!　こっち来いよぉ……」
　まだ貝殻集めに夢中な直を呼ぶ。

俺の声よりも今は、珍しい貝殻がいいらしい。
「せんせーー‼　見て‼」
　砂を巻き上げながら、俺に向かって走ってくる直。

「ほら‼　星の砂‼　見つけたぁ！」
　直の手のひらには、星の形をした小さな砂。ずっとしゃがんでいたせいで、直のふくらはぎが真っ赤になっていた。
「お！　すっげ！　記念に持って帰ろうな。俺と直の子供に見せてやろうな！」
　おーーーい‼
　何気なく言った俺の言葉に、直が硬直する。可愛過ぎるんだけど……。
　もう付き合って何年も経つってのに、まだ俺の発言にドキドキしちゃう直って……最高にかわいい‼
「直??　あれ？　どした??」
　顔がどんどん赤くなる直を、もっと赤くしてやりたくなる。Ｓな俺。

「直、今晩……子作りしちゃう？」
　直は、ハンカチに星の砂をそっと入れて大事に大事に俺のポケットへ入れた。聞いてないフリしてる直に、俺は追い討ちをかける。
「俺と直の子供、かわいいんだろぉな……」
　直は、俺の背中をパンっと叩くと、『ばか‼』と言い、また波の中へ走ってゆく。

赤くなる直の顔が、俺をニヤけさせる。愛されてんだなぁって、感じちゃう瞬間。
「待てよ‼　直‼」
　すぐに追いついた俺は、後ろから直を抱きしめた。
「直、照れてんの？　お前かわいい‼」
　うつむいたままの直に、海に反射した太陽が照り付ける。
　俺は周りに誰もいないことを確認すると、太陽に見せ付けるようにキスをした。
　これ、俺の彼女。いいだろ〜‼　最高の彼女なんだぞぉ。ふふん。誰にも触らせねぇから。俺だけのもんだから。
　俺は照れる直を抱きしめて、もう一度キスをした。そして、そのまま海の中へ。

「直、俺のこと好き？」
「うん……大好きだよ」
　今日の俺はいつもとひと味違う。
「直、聞こえない。もう１回言って……」
　直の腰に手を回し、直を抱き寄せた。
　太陽の光がまぶしすぎて直が目を閉じた。その隙にまたキス……。
「先生、好きだよ」
　直は目を閉じたまま言った。
「ん？　もっと大きな声で言って。言ってくれなきゃ水着の中に、手……入れちゃうぞ」

そう言いながら、俺の手はもう、直の胸を探り当てていた。
「先生、いつもと違うよぉ。好きだよって言ったら、あれ、言ってくれなくちゃ」
　直は俺の首の後ろに手を回し、俺の手が胸に当たりそうになると腰をくねらせて逃げる。
「俺のこと愛してる？」
「うん、愛してる」
　何度言われても、感激しちゃう言葉。
「うん……知ってる。俺も愛してる」
　足がつかないくらい深い位置まで行きたいのに、どこまで行っても浅瀬で、足がつく。
「直……足あげてみ。下にいろんな海の動物がいるから危ない」
　俺の嘘を信じた直が、俺に全体重を預けた。俺は直の足を俺の腰に巻きつかせて、またキスをした。

「先生の嘘つき。エッチ……」
　水着の中に手を入れても、誰にもバレない。
　見てるのは、太陽とこの海だけ……。

6. 先生の過去

　今日の先生はエッチだ。
　いつもエッチだけど、この暑さのせいか……なんだかとても情熱的。ドキドキが止まらないんだ。
　水の中で私の体に触れる先生は、目が合うとキスをしてくれる。海岸に人が来ても先生はエッチなまま……腰に手を回し、耳に息を吹きかける。

「先生……人がいるよ」
「見えないよ……水の中で何しててもバレねぇ」
　先生は水着の中に手を入れる。ふわふわと浮いているような気持ち。雲ひとつない空を見上げると、すぐに先生にキスをされる。
「あ!!　星の砂!!　ポケットに入れたままだ!」
「あ!　やっべぇ!　お前にもらった貝殻も入れたままだ!!」
　先生は私を抱っこしたまま、泳いで、海から上がる。
　こういう所も愛してる。星の砂なんて……ってバカにしない優しい所。
　スイッチ入ってたのに、すぐにOFFにしてくれる所。
　こんな男の人いるのかな……。本当に私は先生が好き。先生以上の人なんて、いないんじゃないかって毎日感じてるんだ。

「あ～！ よかった！ ハンカチに包んでたおかげで無事だよ！」
　先生は、安心したように星の砂と貝殻を私に見せた。そして、またポケットへ入れる。
「あ‼　俺の海パン……やばくねぇ？」
　先生は、自分の下半身に視線を落とし、恥ずかしそうに砂の上に寝転んだ。もちろんうつ伏せで……。
　思い出しちゃうね。高校２年の夏、水泳の補習の時、更衣室で先生が言ってたよね。
『俺、海パンに……なれねぇや』ってね。
　かわいかった先生。

　砂の上に寝転んだ先生の背中に砂をかける。
「大丈夫？　先生……」
　背中に触れると、先生が照れたように言う。
「直……お前が触れると、大丈夫じゃなくなるから……俺に触るなぁ」
　面白くて、先生の背中にまた触れる。先生の頭を撫でて、先生の耳に触れる。
「こらぁ……‼　直、いい加減にしなさい！」
　大好きな「先生口調」で言われちゃうと、ますますいじめたくなる。
「先生、大好き～！」
　私は先生の背中にキスをした。太陽が先生の背中をあっという間に乾かし、もう熱くなっていた。
「こら‼　直。仕返ししてやるからなぁ‼」

先生が私の腰に手を伸ばす。
「くすぐったいよ、先生〜！」
　先生は時々こうしてＳになるんだけど、そのあとすごくかわいく甘えてきてくれたりするのが好き。
「矢沢‼　じっとしなさい！」
　矢沢……なんて呼ばれると、私は胸がきゅんってしちゃうんだ。

「先生のいじわる〜！」
「捕まえたぁ！」
　先生が逃げる私を捕まえて、にっこりと微笑むんだ。砂だらけの私の体を先生は、優しく撫でる。
「先生、砂だらけだよぉ！」
　私も先生の体に触れた。
「直……砂まみれになっちゃう？」
　先生はわざと砂がくっつくように私の体を回転させて、抱きしめた。
「あぁ！　だめだめ。俺の海パンやべぇから‼」
　先生は、砂の上にまたうつ伏せになる。
「男の人って大変だね。こういう時はどうすればいいの？」
　私の質問に先生は、口をとがらせて私を睨むように見た。
「お前が隣にいるからだろぉ！　でも、仕事のこと考えると結構いいかも。仕事の話してくれ‼」
　なんだか先生がかわいくて、たまらない。私はデジカメを出して、そんな先生の寝転ぶ姿を写真に残した。

「直の変態〜！」
　今の顔も好き。
　こんな顔を、私以外の女の子に見せないで。お願いだから……私にしか見せちゃだめだよ、先生。

　私も同じ姿勢で砂の上に寝転んだ。砂の温かさが心地よくて、目を閉じる。
　鳥の鳴き声。波の音。どんな鳥なのかわからないけど、不思議な声を出す鳥。
『ボーーンボーーン』……って。
「鳩時計みたいな鳴き声だなぁ、あの鳥。あの音聞くと思い出すな！」
　先生と同じことを思い出していた。私と先生のお気に入りの、ステーキハウス。
　鳩時計のたくさんある不思議な雰囲気。去年のクリスマス、先生が探してくれた素敵なお店。
　娘さんにプレゼントを渡しに行った先生は、クリスマスの夜、晩御飯に、ステーキをごちそうしてくれた。
　何度も謝りながら、先生は車を走らせた。
　謝らなくていいのに……。先生の大事な娘さんのこと、私も大事に思ってるんだよ。
　無理してるわけじゃなく、本当にそう思えるんだよ。
「直、あの時はありがとな。プレゼント選んでくれて……」
　不思議な鳥は、鳴き声だけを残し、海の向こうへ消えて行く。

思い出すね。あの日のなんだか切ない想いを、わかってくれた先生の優しさ。
　去年のクリスマスの夜。

　　　　◆◆◆◆◆◆◆◆◆◆◆◆◆◆◆◆◆◆◆

　木の匂いがしそうな温かい雰囲気のお店の中に入ると、なんとも言えない懐かしい気持ちになった。決して新しいわけでもなく、都会的なお洒落さがあるわけでもない。
　だけど、お店の中にはゆったりとした空気が流れている。
『御予約席』と書かれた一番奥のテーブルには、小さな一輪のお花。
　そして、かわいいランチョンマット。
　厨房から美味しそうなお肉の匂いがする。厨房の中まで見えるこの席は、特別いい匂いがする気がした。
　ここと厨房を隔（へだ）てているのは、ぶらさがってるたくさんのフライパン達。小さなフライパンやお鍋が、天井からぶら下げられている。

　お母さん、と呼びたくなるようなお店のおばさんが優しく注文を聞きに来る。
「サーロインと、フィレ……ひとつずつお願いします」
　先生はそう言うと、ゆっくりとメニューを壁に立てかけ

る。そして、にっこり笑ってヒジを付いて私を見つめる。
　好き。大好きだよ。先生……。

「こういうお店、最近ないからなぁ……」
　先生は店をぐるりと見回した。
　懐かしいと感じたのは、この店がどこか童話の中に出てきそうな雰囲気だからかもしれない。
　厨房でお肉を焼いているのは、山の料理長『ふくろうおじさん』。
　ぷぷぷ……。そんな童話が頭をよぎる。

　壁にかかったボンボン時計。止まっている時計がほとんど。鳩が出てきそうな、かわいい時計がいくつも飾られている。ひとつひとつの時計に歴史があり、いろんな出来事を見てきたんだろうなぁ、なんて思いながら、店の中を見渡した。
「いいなぁ……リビング、こんなふうにしたいな……」
「あははは……お前らしいな。どうにでも好きにして」
　先生は腕を組み、ぶら下がってるフライパンに視線を移す。
「直、フライパンぶら下げたいって思っただろ？　あんなにたくさんは無理だぞ！　３つくらいならいいけど」
　どんどん想像が膨らむ。
　先生とのお家。ふたりだけの愛のお城……だね。

　運ばれてきたサラダをふたりで食べる。先生はいつも、

一番美味しい物を私にくれる。今だって、1枚しか入ってない生ハムを……。
「あ〜んは？」
　先生の言葉は、魔法の言葉。言われるがままに自然に口が開く。
「おいひぃ‼　ありがと」
　先生は満足そうに頷いた。
　次に運ばれてきた物を見て……私も先生もこのお店がもっと好きになった。
　それは、お味噌汁に漬物。
　なんだか意外だった。コーンスープでも出てきそうな感じなのに、あえて……日本風な所に感激。

　そして、メインのサーロインステーキとフィレステーキ。熱々のフライパンに乗ったまま運ばれてくる。
「フライパンが熱いうちに、両面焼いてくださいね」
　私と先生は夢中になって、お肉を焼く。
「おぉ！　すっげ〜。ジューって言ってるなぁ！」
「うんうん。焼けてる焼けてる」
　子供みたいな会話。
　ひと口食べて、ふたりで目を見開いて頷き合う。
「これは……まじすごい‼」
「柔らかい‼」
　ふたりで、2種類のお肉を分けっこしながら食べた。
　先生は、口に入れるたびに幸せそうに笑った。その顔を見ているだけで、私は泣いちゃうくらいに幸せを感じるん

だ。
　美味しいお肉と大好きな笑顔に……トロけそう。

　……ボーン……。
　突然大きな時計の音に、私も先生もビクッとした。右後ろの壁掛け時計は、この店で唯一正しい時刻を示していた。
　びっくりした私達に、厨房から顔を出したコックさんがペコリと頭を下げた。
「いいね……ここ。大好き。また来たい」
「うん。毎年来ようなぁ。おじいちゃんとおばあちゃんになっても……ここ来ようなぁ」
　先生は、運ばれてきたばかりのゆずシャーベットを口に含みながら、照れ笑い。

「うん。絶対来る。ここ落ち着くね。帰りたくない……」
「いいよ、ずっといて。コーヒー飲むか？」
　さり気なく上げた右手が、どれだけ素敵だか知ってる？
　指を２本立てて、
「コーヒーふたつ」
　って……たったそれだけのことが、私をキュンとさせる。
　そして、ポケットから出したプレゼントをさりげなくテーブルに置く。

「直、クリスマスプレゼント」

懐かしく思い出す。先生に高校時代にもらった、ティファニーのネックレスと同じ袋に入ったプレゼント。
「またネックレスだけど……」
　かわいいクロスのネックレスだった。独特なカーブをした、不思議な形のクロス。
「ありがと〜‼　先生、本当にありがとね」
「俺の方こそ、いつもありがと。今日は、まじで感謝してる」
　ネックレスをつけようとすると、先生の右手がそれを止めた。
「あとで、つけてやるから待ってろ。裸になってから……な‼」
　エッチな顔した先生は、ニヤリと笑う。いつまでこんな気持ちでいられるんだろうね、先生。
　最高のクリスマス、ありがとう。
　先生、大好きだよ。

　コーヒーを冷ます先生の息が……私に届く。コーヒーのほろ苦い匂いと甘い恋の香り……。

◆◆◆◆◆◆◆◆◆◆◆◆◆◆◆◆◆◆

　夕方になると、5月らしい涼しい風が私の頬をかすめ

る。
「今日の晩飯ステーキがいいなぁ！」
　先生はもうあお向けになり、空を眺めていた。
「ステーキは絶対ないよ！　ゴーヤだよ！」
　ゴーヤの苦味が苦手な先生は、子供っぽく見えた。昨夜の晩御飯に出たゴーヤチャンプルを、無理して食べる顔が何とも言えず、かわいかった。

「ねぇ、先生の初キスっていつ？」
　実はずっと気になっていた。
　私はおバカさん。聞けば、想像しちゃって辛くなるのに、知りたいんだ。
　どんな子供だったのか、そしてどんな風に恋をしてきたのか……。さすがに、娘さんの母親である前の彼女とのことは、聞く勇気がないけれど。

「幼稚園かな……」
「ええーーー!!　マセガキ!!　先生昔からエロかったんだね」
　目を閉じた先生は、昔を思い出すように、穏やかに微笑んでいた。
　私の知らない過去。
　私のいない過去。

「初めて付き合ったのは、中学の頃だった。まだ、付き合うってことがどういうことかわかんなくて、結局うまくは

行かなかった」
　中学時代の先生は、陸上部なのに時々サッカー部にも顔を出していた。勉強の成績は普通で、よく遅刻をしていたらしい。
　もちろん体育の成績は、ずば抜けて良かったんだよね。
　先生の初恋はその頃。

　同じクラスの女の子を好きになって、グループでボーリングに行ったり、遊園地に行ったりしているうちに、告白された。でも、好きだとも一度も言えないまま、気まずくなって別れたんだって。
　私の中学時代を思い出してみても、そういう恋が多かった。
　中学の恋はまだ子供の恋なのかな。気持ちは本気なんだけど、どうしていいのか、何をすればいいのかよくわからなかった。
　だから、ゆかりと龍はみんなの憧れだったんだぁ。

「手もつないでねぇから‼」
　やきもちを焼いている私の顔は、すぐに見破られるようだ。
　先生は、慌てて私の顔を覗きこむ。

「先生にもそんな頃があったんだね……」
「そうだな……。お前にもあったんだよな。不思議だな。お互いに知らない頃があるなんてな」

先生の身長が伸びたのは、高校に入ってからだったらしい。身長が伸びると共に、先生の陸上の記録も伸びた。
　そして……人気も、だよね。
「高校の頃は2年くらい彼女がいたから、モテてねぇよ。彼女いること、みんな知ってたし……」
　高校の頃の先生の写真を、1度見せてもらったことがある。部活のジャージを来て、みんなで笑ってピースをしていた。
　きっとあの中に彼女もいたんだろうな。
　先生はいろんな恋をして、そうしてこんなに素敵になったのかな？　こんなに思いやりがあって、女心を理解してくれて、大事にしてくれる完璧な彼氏っていないよ。
　最初から先生はこんな人だったのかな？
　昔は、女の子の気持ちがわかんなかったり、気が利かなかったりして、喧嘩しちゃったりしてたのかな？
　誕生日を忘れちゃったり、髪型を変えても気付かなかったり……。そんな頃もあったのかな……。

「いつから教師になりたかったの？」
　その質問に先生は、大きく息を吸って……そのまま瞬きもせずに青い空を見つめた。
「いつからだろう。陸上の選手になる夢も確かにあったんだ。でも、気付いたら教師を目指してた。お前に出逢うためかなぁ」
　伸びてきた先生の両手に顔を挟まれた私は、そのまま先

生の胸に顔をくっつけた。
　本当だね。先生が教師になっていなかったら、今の私はいないんだ。
　本当の恋を、知らないままだった。お姉ちゃんとの関係も、今みたいになっていなかったよね。

「俺、こう見えて結構昔は人生に悩んだりしてたんだよな。自分に何ができるだろう？　とか、何をすればいいんだろうって。その悩みを解決できたのは、教師っていう夢を見つけたからかも知れない」
　先生は、私を抱きしめたままたくさん語ってくれた。そして、誰かの人生に何か力になれる仕事がしたいと言った。将来に悩んだり、進路に悩んだり、私のように家庭に悩みを抱えた生徒を、少しでも助けたいと言った。
　やっぱり私の見る目は確かだった。
　先生は、私じゃなくても絶対に助けていたんだ。
　そういう人だから、1度会っただけでお姉ちゃんは先生を受け入れた。
『僕のこと先生だと思ってください』なんて、そんな言葉を真剣に聞くことができたのは、先生の心がちゃんと伝わったからなんだね。

　少し肌寒くなった私を、先生の腕が温めてくれる。
「どうだ？　直は学校楽しい？」
　今の口調、大好き。高校時代を思い出す。先生が廊下で、よく言ってくれたセリフ。

——どした？
　——最近、どうだ？
　——元気か？
　先生に声をかけられた生徒は、みんな笑顔になるんだ。

「楽しいよ!!　今、幸せすぎて怖いくらいだよ」
　専門学校でできた友達は、どの子もとても優しくて楽しい。
　ゆかり以上の親友は一生できないけど、親友と呼べる友達もできた。一番仲の良い桃子は、私と同じように、先生に恋をしている。しかももっと年上、15歳年上の先生なんだ。
　昔の自分を見ているようで、ドキドキしちゃう。窓から見える先生を見つめる桃子の目は、私と同じだった。
　いつも一緒に行動しているのは、桃子と美穂とあゆみ。
　実技の授業が多いから、他にもたくさんの友達ができた。教室で授業を受けているよりも、話しやすくて、すぐに仲良くなれるんだ。

「お前が幸せなら、俺も嬉しいよ……」
　嬉しい言葉をたくさんくれる先生。
　宿に戻ったら日記に書こう。忘れたくない素敵な言葉を、山ほどもらった。

「先生は毎日楽しい？」

私がそう聞くと、先生は目がなくなるくらいに笑って答える。
「俺の顔見てわかんねぇ？　今、すっげー幸せな顔してるだろ？」
　でも、知ってるよ。先生が悩んでいたこと。教師になって、何度目かの壁にぶち当たって、すごく辛かったこと。
　今年の３月まで受け持っていたクラスで、いじめがあったんだ。
　先生は、言ってたね。
『最近目を見ない生徒が多い……』
　でも、先生は絶対にあきらめないと言った。俺があきらめたら終わりだから……って、休んでいる生徒の家へ何度も足を運んだ。
　目に浮かぶ。先生の熱いホームルームが。
　どうか、先生の想いが、生徒の心に届きますように。

　ある夜、約束もしていないのに先生が突然家に来た。あの夜は、先生は『教師』なんだって改めて感じて、尊敬しちゃったんだ。

◆◆◆◆◆◆◆◆◆◆◆◆◆◆◆◆◆

「あははははははは」
　私がお風呂に入っていると、お父さんの笑い声が聞こえてきた。お風呂には先週先生と買った入浴剤と、アヒルの

おもちゃ。『お前何歳だよ！』って先生に笑われながら買ったアヒル。
　お風呂の中では、いつも先生を想うんだ。昔からずっと変わらない……。お風呂の壁に『あらがきかずと』って書くんだ。たったそれだけのことで、胸が躍る。

　お父さん機嫌がいいなぁ……なんて思っていたら、
『トントン』
　お風呂のドアをノックする音。
「誰？　あっち行ってよ‼」
　半身浴をしながら、お父さんらしき人に言う。
「直〜！　誰だかわかる？」
　その声は私の愛する先生の声。
　曇りガラスの向こう側に見えた白い影。
「先生‼」
　慌ててお風呂の扉を開けようとして、ハッと気付いて湯船に体を沈めた。
「エッチ‼」
「待ってるからゆっくりおいで」
　幸せだなぁって、しみじみ感じるんだ。
『おいで』なんて言われちゃった。
　先生に、あんな優しい声で話しかけられると、お湯の中にさっき浮かべた入浴剤のように、すぐに溶けちゃいそうになる。
　風呂場のタイルに書く。
『あらがきなお』

キャッ‼　ドキドキ。
　いつか、なれるんだね。
『新垣　直』に……。夢みたい。

『はい、新垣です！』なんて電話に出るの？
『新垣さんの奥さん！』とか言われちゃうの？
　先生に『うちの嫁がさ……』なんて言われちゃったりして？
　あぁ、顔が熱い。心も熱い。のぼせちゃうよぉ、先生。

　私がお風呂から上がると、家の中は騒がしくなっていた。お父さんったら、先生にビール飲ませちゃって、今夜もお泊り。
　正直、嬉し過ぎる‼
　先生が我が家に泊まるのは結構久しぶりだった。
　まだお酒の飲めない私だけ、オレンジジュース。今夜はお母さんまでもが、ちょっぴりほろ酔い。

「姉ちゃんに相談あるんだよ。学校が怖いって言う生徒がいて……俺は何ができるだろう」
　先生から少しだけ聞いていた、クラスのいじめ。
　ひとりの男子生徒が、学校に来なくなった。原因は、クラスの数名の男子と女子からのいじめ。
　厳し過ぎる両親は、学校へ行かないその生徒を殴るらしいんだ。

「何、言ってんの先生！　あんたなら大丈夫だって！　私に初めて会った時、言った言葉をその子に言ってあげなよ」
　お姉ちゃんは、随分年上の先生にいつもこんな口調。先生は、お姉ちゃんとの間に不思議な何かが芽生えているようで、生徒のことで時々こうして相談していた。

「あんた言ったじゃん。僕を信じてって。僕を先生だと思ってってさ。深く考えずに、ぶつかってみればいいんじゃない？」
　先生は、手招きして私を呼んだ。隣に座った私に時々触れる左手が、嬉しかった。
　真剣な表情で話してるんだ、先生。
　う〜ん……と考え込んだり、そっか！　って何かひらめいたり、いろんな表情の先生。
　教師って仕事は、学校にいる時だけじゃなく、学校を出てもこうして悩んで大変なんだ。先生、尊敬しちゃう。

「直……俺、今日お父さんと、添い寝しちゃうぞ〜！」
　先生はそう言いながら、お父さんとリビングに敷いた布団の上に転がった。
「おやすみ、先生」
「おやすみ、俺の直……」
　お父さんやお母さんがいる前で、そんな恥ずかしいことを言ってくれた先生は、赤くなる私にも気づかずに眠ってしまった。

その翌日は土曜日で、先生と朝ごはんを食べようと少し早起き。キッチンに行くと、もう先生の姿がなかった。
「家庭訪問だって！　さすが、直の彼氏はかっこいいね！」
　お母さんは目玉焼きを焼きながら、目を細めた。
　そうだ。本当にかっこいいんだ、先生は。あんなに酔っ払っていたのに、朝の７時に起きて、スーツに着替えに自分の家へ戻った。

　いじめている生徒も、いじめられている生徒も、どの子もみんな先生の大事な教え子。
　先生の誠意と愛情が届きますように……。

『直、俺の目の前で、生徒がお父さんに殴られた……。俺、見ててすっげー辛かった』
　その日の夜の電話。珍しく元気のない先生の声に、私も胸が痛む。
　何もできないけど、応援してる。何があっても私は先生の味方。
『直、お前が学校にいてくれたらって思うよ』
　先生がそんな風に思ってくれることがあるなんて、知らなかった。
　先生は、ふとした休み時間や放課後に、いるはずのない私を探してしまうんだ……と笑った。

「先生、私はいつでも先生のそばにいるよ。無理しないで、ちゃんと弱音吐いてね」

夜中まで電話をして、私はますます先生が好きになった。
　先生が冷蔵庫を開けて、オレンジジュースを飲む音や、トイレに行っておしっこをする音まで聞こえて、なんだか面白かった。
『直のエッチ〜！』
　電話を切る頃には、先生は元気な声に戻っていた。

　その夜は、先生との電話を切ったあと、卒業アルバムを見た。一番後ろのページには、先生が卒業式にメッセージを書いてくれた。
　教室で書いてくれた、他人行儀なメッセージ。
『卒業おめでとう!!　この３年間の思い出を胸に、素敵な女性になれよ！』
　男っぽい字。
　先生にもらったメッセージを忘れずに、素敵な女性になりたい。
　先生の卒業アルバムの写真。黒いスーツに、黄色のネクタイ。ストライプのシャツ。
　ちょっと緊張した笑顔がかわいい。

　全員の顔写真の後ろのページには、思い出の写真がたくさん載ってるんだ。
　卒業してから何度見たのかわからない。卒業してしばらくは、毎日のように見ていたね。
　そういえば、最近あまり開いていなかったっけ。

先生を好きになった入学式。1年の頃のこと……。リレー姿が素敵で、見とれてしまった体育祭。緊張しながら少しだけ話しかけた文化祭。
　2年になり、先生との距離が縮んだ気がしたね。
　水泳を教える先生。白いジャージを着た、部活の写真。
　そして、修学旅行。ライトに照らされたゲレンデを見ながらキスをした夜。
　忘れないよ。
　3年になり、先生が担任になったんだ。バレンタインに別れた私と先生は、運命に導かれるように同じ教室で顔を合わせることになった。
　先生の出席を取る声が好き。
　熱いホームルームが好き。
　背すじを伸ばして、廊下を歩く姿が好き。

　こっそり先生の寝顔を見た遠足。先生に触れられて、どうしようもなく嬉しくなる自分に気付いた。
　別れていてもやっぱり心の中は、先生だらけだった。
　先生の幸せを願って、別れを告げたはずなのに、辛くて辛くて、先生に愛されたくて仕方がなかったんだ。
　思い出がたくさん溢れてきて、胸がきゅんきゅんして眠れないよ……。

　私が高校生だった頃も、先生は、ホームルームや学級新

聞、いろんなところでいじめについて触れていた。
　運良く、私達の担任だった頃は、クラスにいじめがなかった。でも、他のクラスにはやっぱりあったんだ。

「なくならねぇのかな……いじめって」
　翌日、先生とドライブをした。車を停めた場所は、いつか来た夜景の綺麗な穴場。
「明日、来るといいね。その子……」
　私が見つめた先生の横顔は、教師として、そして人間として……、尊敬しちゃうような横顔だった。
「お前がいるから頑張れるんだよ、俺は……」
　今日の先生は、エッチじゃなかった。ただ、手を握って、ふたりで星空と夜景を見た。
「たまには、こういうのもいいね」
　私の言葉の裏を読んだ先生が、急に腰に手を回す。
「直……どした？　物足りねぇの？」
　返事をする間もなく、燃えるようなキスをした。
　悩んでる先生の力になりたいよ。私は何ができるんだろう。
「直がいてくれるだけで俺、元気になれる」
　また先生は私の心を読んだ。エスパー新垣……。
　先生は、やっぱり最高の教師で、最高の彼氏なんだ。

◆◆◆◆◆◆◆◆◆◆◆◆◆◆◆◆

「直～、腹減った。宿に戻る？」
　もう空は何となくオレンジ色に変わろうとしていた。
「先生、あの生徒、今は、どうしてる？」
「ん？　今は、毎日学校に来てるよ。時々保健室でさぼってるけどな。それくらいは大目に見てやらねぇとな」
　砂の中に埋まった足を砂から出した先生は、遠い目をして言った。
「いじめは、永遠の課題だな……」
　先生はこれからもずっと、一生懸命に『教師』をしていくんだ。
　先生の目指す『教師』っていうのは、生徒を上から見るんじゃない。生徒の中に入って、みんなの心の中に溶け込んでゆくような教師。
　理想を追い求める先生を、私はずっと見守るよ。誰にも知られない先生の努力を、私がしっかりと見てるから。
　だからね、先生……ゆっくり頑張ろうね。
　私は、砂だらけの先生の髪を撫でた。
「先生、そろそろご飯かな？　帰ろっか」
「うん。帰ろう。俺と直のエロエロな部屋に……」

　自転車まで、先生と追いかけっこした。すごく長い1日。
　何もしていないのに、たくさんの思い出ができた1日。
「楽しかったね。せんせー!!」
「今日のメインは、夕日だからな。まだまだ、これからだ

ぞーーー‼」
　自転車をこぐ先生の後ろ姿につぶやいた。
　──大好き。
　つぶやくだけじゃ物足りなくて、大声で叫ぶ。
「せんせーーーー‼　だいすきーーー‼」
　その声に先生は、自転車のベルをチリンチリンと鳴らして応えてくれた。

7. ジェラシー

　宿に戻ると、夕食の美味しそうな匂いが鼻をくすぐった。貝殻と砂だらけの道を走った自転車のタイヤは、真っ白になっていた。
　木造の家。赤い瓦と、真っ白な砂が美しい島。宿の屋根から私達を見守ってくれる、シーサー。
　何年も、ここでいろんな人の思い出作りを見てきたシーサーは、優しい顔をしていた。

　部屋でシャワーを浴びて、着替え終わると、先生の姿が見えない。先生は、部屋の外で誰かと話していた。
「直、早くおいで！」
　私が顔を出すと、優しい笑顔のおじいさんが手を振ってくれた。庭に並んだ椅子と机は、夜の宴会のためなんだ、とその宿のおじいさんが話してくれた。
「夕食まで、ここでのんびりしていきなさい」
　冷たいお茶を出してくれたので、私と先生は座るとギシギシと音がするベンチに腰掛けた。そのベンチに置かれていた旅ノートを、パラパラとめくる。

『女3人の旅で〜す！　咲希(さき)　とも　茉桜(まお)』
　今日の日付で書かれたメッセージ。
　私、本当にバカだなって思う。こんなにも愛されてるの

に……今夜、この宿に、女の人がたくさんいるのかと思うと、なんだか不安なんだ。

さっきすれ違った宿の手伝いをしている高校生らしき女の子も、この旅が終わる頃には先生を好きになってるんじゃないか……なんて考えちゃう。

どうしてだろう。世界中の女性が、先生を好きになるわけないのにね。

夕食ができたので、食堂へ移動した。そこには２組のカップルと、子連れの家族が先に席についていた。

先生は、ペコッと頭を下げて一番奥のテーブルへ向かう。

さっき、旅ノートで見た３人組の女性グループは、見当たらなかった。

味噌汁を運んできた女の子の左手の薬指に、指輪があったことに安心しちゃう私って……。どうしてこんなに心配性で、やきもち焼きなんだろう。

「さ、食うぞ！　いただきます！」

味噌汁をすすりながら、隣のテーブルのメインの料理に視線を移す。私と先生は顔を見合わせて、目を見開いた。

「マジ？？」

私と先生にも運ばれた。

なんとなんと、ステーキだった。

「沖縄でステーキかぁ！」

驚く私達に、隣の家族連れのお父さんが、教えてくれた。石垣牛っていう石垣島の牛肉で、あっさりした脂が特徴らしい。そして、今日も当然のように、ゴーヤの登場。先生は苦笑いを浮かべながらも、残さず全部食べた。
「そういうとこもいいね」
「え？　今、俺のこと褒めた？」
　先生は、口の中にゴーヤを入れたまま嬉しそうに笑う。

「ようこそ、いらっしゃいました。今夜は、庭で宴会しますので、皆さんぜひいらしてくださいね。泡盛１本置いておきますので……」
　さっき話したおじいさんが、食堂に集まった私達の顔を順番に見ながら話す。この宿では唯一標準語が話せるんだと、さっき自慢していた。
　そういえば、来た時に話したおじさんは、外国語かと思うくらいに難しい方言を使っていた。

「夕食が終わったら、夕日を見に行ってください！　今日は綺麗ですよ～！」
　食堂の窓から見える空がだんだん赤くなっていくのを見て、私の気持ちは焦り出す。慌てて、味噌汁を流し込む私を……。
　パシャ。先生に写真を撮られた。
「夕日が見たくてうずうずしてる、俺の彼女……」
「だって～‼　早く行かなきゃ‼」

私と先生は、一番に食堂を出て、すぐに自転車に飛び乗った。
「直～！　ほら!!　すっげー空きれい！」
「ほんとだーーー!!」
　じゃり道を進みながら、すれ違う牛さんに挨拶する先生。牛の胸に付けられた名札を見て、先生は声をかける。
「よぉ！　花子(はなこ)！　またな！」
　花子は、初めて会う素敵な男性に顔を赤らめていることだろう。
「ばいばい！　花子！」
　私が言うと、花子は顔を上げて、モォーっと鳴いた。
　もうすぐそこなのに、焦ってるせいでなかなか目的地につかない。

「直！　始まるぞ!!」
　片手を空に向けた先生が振り向く。空は1秒1秒、微妙に姿を変える。最後の坂道を下ると、そこが有名な桟橋。
　ここが……夕日の綺麗に見える場所。
　海に向かって細く長く伸びる桟橋。そこには、夕日を待ちわびた旅人達が集まっていた。
　朝からほとんど人に会うことがなかったから、この島にこんなにも人がいたんだと驚いた。
　桟橋に座り、足をブラブラさせて、海を眺める子供。待ちくたびれて眠ってしまった赤ちゃん。手を握り合い、肩を寄せ合うカップル。みんなみんな、とてもいい顔をして

いた。
　広くて綺麗な海の向こう。とてもとても遠いはずなのにすぐそこにあって、つかめそうな太陽。みんなが同じ方向をじっと見ていた。
　私と先生は橋の真ん中辺りに腰かけた。お尻がひんやりとして気持ち良かった。

　ザザーーー。
　ザザザーー。
　静かな波の音。
　ここにある全てのものが、夕日を待っていた。きっとあのやどかり達も、この瞬間を岩場の影からじっと待っている。
　静けさに包まれる。
　息を飲む。瞬きもできないくらいの美しさ。瞬きをする一瞬で、空のオレンジ色は色を変える。
「すっげぇ……」
　一面を濃いオレンジ色に染めた夕日は、ひと仕事終えて、ゆっくりと沈んでゆく。
　どんどん色が濃くなる夕日。一生忘れられない光景だった。
　見渡す限り、海と空。夕日に染まる美しい空だけを、ここにいるみんなが見つめていた。
　写真を撮ることも忘れちゃうくらいに、感動的な時間。
　じっと夕焼けを見つめる先生。その横顔の向こうに見える、真っ赤な夕日。頂点を迎えた明るさ。こんなにも丸く

赤い夕日を見たことがなかった。

　そこから先は燃え尽きたかのように、あっという間に海に吸い込まれてゆく。
「あの廊下から見た夕日と……同じ夕日なんだな」
　先生が沈む寸前の夕日を見つめながら、つぶやく。いつの間にか、先生の手が私の手を握っていた。
「ほんとだね。今の夕日が、あの廊下からもきっと見えてるんだ……」
　不思議だった。今、見ていた夕日は、ここだけのもので、ここでしか見られないような気がした。同じ太陽を東京でも大阪でも北海道でも、見ている人がいる。

　地球ってすごい……。なんて感心してしまった。

「名残惜しいな……」
　帰り始める人達を見ながら、先生と私はまだ座っていた。見上げた空は、見る見るうちに群青色に変わっていく。夕日に圧倒されて逃げ出していた雲達が、一斉に姿を現した。
「明日も見ような。明日は、星が出るまでここでずっと空を見ていたいな……」
　先生が、私の肩を抱いた。そして、耳元にキスをしながら言った。
「お前と一緒に見れてよかった」
　先生のばか……。涙出ちゃうじゃん……。私を喜ばせる天才だよ、先生は……。

宿の前に自転車を停めると、もう宴会が始まっているような騒がしい声が聞こえた。
　もう辺りはすっかり暗くなっていて、シーサーの顔もぼんやりとしか見えない。

「夕日、見ましたか？」
　ベンチに座りながら、タバコを吸う男性が声をかけてくれた。そこには10人ほどの旅人達が集まっていた。
　テーブルの真ん中には泡盛という沖縄の焼酎の一升瓶が、デーンと置かれていた。
「はい！　綺麗でしたね〜‼」
　先生は、そう答えながら、隣のベンチへ腰掛けて、私の腕を引っ張った。
　先生は教師だけあって、人とすぐに仲良くなれる。さすが、先生……なんて見とれながら、先生とその男性の話を聞いていた。

「新婚旅行ですか？」
「いやぁ、まだ新婚じゃないんですよ。残念ながら……。そちらはひとり旅ですか？」
「はい。毎年八重山をひとりで旅するんです。人との出会いが楽しくてね」
　先生は、その男性が作ってくれた焼酎の水割りを飲みながら、タオルを頭に巻く。
　それ、すっごくかっこいいって先生わかってる？　そん

な無防備に素敵な姿見せちゃだめなんだよ。
「どうも、初めまして。尾崎と言います」
　右手を差し出してくれた尾崎さんと握手して、自己紹介をしようとした。でも、名前以外、先生との関係を何と言っていいのかわからず、口ごもる。
「あ、俺の彼女です。まぁ、婚約者なんですけどね。あははははは」
　先生はそう言って、私の頭に手を乗せた。そうしているうちに、さっきの宿のおじいさんが登場して、挨拶を始めた。

　その間、ずっと気になっていたのは、向かい側に座る女性の視線。私より年上であろうその女性は、私にないものをたくさん持っているような気がした。
　日に焼けた肌と、南国風の服装。焼酎をロックで飲みながら、おつまみを食べていた。
　彼女は、おじいさんの方を見なかった。ずっと、先生を見ていた。
　その女性の隣には、旅ノートで見た３人組であろう若い女の子が座っていて、その３人はおじいさんの話を聞きながら笑っていた。
　私は、先生をみつめる女性の視線を気にしながら、おじいさんの話を聞く。
　この島に伝わる民謡を歌いながら、三線を弾いてくれたおじいさん。この三線の音色は、どこか懐かしく心がホッとする。

昼間も、この島を自転車で走っていると、どこからともなく聞こえてきて和(なご)ませてくれた。

　おじいさんが、どこから来たのかとみんなにたずねた。
　みんな、全国各地から来ていて驚いた。一番おじいさんに近い位置に座っていた男の子は、外国から来ていた。遠くて聞き取れなかったが、みんなが「お〜！」と驚いていた。
　目が大きくて、髪の毛がくりくりとしていてかわいらしい男の子。小学校の高学年か、中学生くらいだと思う。
「どこから来たって？」
　先生が大きな声で、その子にもう一度聞いた。こういう所も教師らしいなって、尊敬しちゃうんだ。

「ツバルです」
　日本語を話せるのか、彼はしっかりとした発音で答えた。誰もその国名を知らないような顔をしていた。私自身も、そんな国があることを知らなかった。
　先生が、ため息をついて、お酒に手を伸ばす。そして、私の耳元で言った。
「直は知ってるか？　南太平洋にある島なんだけど、ツバルって国。地球温暖化で、沈んでしまうかも知れないと言われている島なんだ」
　先生の知識に驚くと同時に、そんな現状を知らなかった自分を恥ずかしく思う。こんな立派な人の彼女なのに、私は何も知らない。泣きたくなった。

だって……向かいの女性は知っていたんだ。ツバルって国を。そして、まだ自己紹介もしていない先生に向かって話しかけた。
「知ってらっしゃるんですか？　ツバルを」
　長い茶色い髪は、染めているのではなく自然に染まったかのように見えた。面長の顔に、細いけれど強さのある瞳。高い鼻に薄い唇。話し方も大人だった。
　色っぽいのに、作られた色気ではなくとても自然で嫌味がない。
　どうしてこんなにもこの人が気になるのか……それは、私と正反対の人だったから。いつも女子高生にばかりやきもちを焼いていたのに、初めて大人の女性が現れた。
　昔、修学旅行の飛行機の中で、キャビンアテンダントのお姉さんに感じた気持ちと似ていた。
　世の中には、まだまだ自分の知らない世界があるんだって感じた瞬間だった。

「えぇ、知ってます。ご存知なんですか？」
　先生が笑顔でそう答えると、その女性は２度大きく頷いて、お酒を飲んだ。
「私、旅行したことがあるんで……なかなか知ってる人いないんですけど、よくご存知ですね〜！　私、橋本雅子って言います。ひとりでここには来ています」
　私を１度も見ない。ずっと先生のことを見てるんだ。
　尊敬と憧れの眼差しで、私の先生を見つめる。
「俺は、新垣和人って言います。こっちが、彼女の直です」

先生が、私の頭に手を乗せて、ポンポンってしてくれた。それだけで涙が出そうになるくらい、すごく不安で怖かった。
「若い彼女だね〜！　大事にしなよ！」
　雅子さんは、友達のように先生に話しかけた。それも珍しいことだった。
　先生にこんな風に話す女性は、あまりいないから。きっと雅子さんはいい人なんだと思う。私が勝手にやきもち焼いて、苦手だって思ってるだけ。
「はい、どうぞ!」
　雅子さんが、鞄の中からたくさんのおつまみを出して、周りの大人達が嬉しそうに手を伸ばす。先生も手を……伸ばす。
「おつまみ、買い込み過ぎだろ!!」
　どうしてそんな口調で話すの？　会ったばかりの人なのに……。
　私に話すように話した先生が、なぜだか許せなかった。いつも私に言うようにちょっと偉そうに、でも笑いながら話す先生……。
　雅子さんは先生に言い返す。
「おつまみは必需品でしょ！　そんなこと言いながら、食べてんじゃん!」
　食べないで。
　嬉しそうに、ピーナツを口に入れる先生が許せなかった。いつもと違う。私のいつものやきもちとは違う。
　生徒が先生に話しかけて、先生がそれに答えるのとは全

く違う。こんな先生初めてだった。
　教師じゃない先生。『男』な顔してる先生。
　私がいない場所では、先生はこんな風なの？　先生同士の送別会や忘年会では、こんな風に女の人と話してるの？
　泣きそうだった。でも、今日の先生はそんなことにも気付かない。
　隣の尾崎さんと、向かいの雅子さんと話しながら、時々思い出したかのように、私に『なぁ？直！』と声をかけてくれた。
「あと1時間くらいしたら、また来ますね！」
　宿のおじいさんは、みんなの話が弾んでいるのを見て、席を外した。私は、おじいさんの歌をもっと聞きたかった。
　まだお酒の飲めない私には、居場所がなかった。
　聞いているようで聞いていない会話。先生の笑い声だけが耳の奥に残って、私はひとり遠い場所にいる気がした。

　キキキキキーーー……。
　何の鳴き声なのかと、最初は不思議だった音。ヤモリの鳴き声だと教えてもらってからは、その音が聞こえるたびにビクっとした。壁に這うヤモリがこっちを見ているようで、ドキドキした。
「ヤモリにびびっこんのかぁ？　直。大丈夫だって。飛んでこないから」
　先生が、ビクっとした私の肩に手を回す。酔っているせいか、いつもより強引だった。

「かわいいね〜、彼女。私にもこんな頃があったのかな」
　雅子さんの『かわいい』が、素直に受け止められない。バカにされているような、『子供だ』って言われているような気分になって、また落ち込んだ。

「一緒に良いですか？」
　元気よく私の隣のベンチに座ったのは、あの３人組だった。
「私、ともって言うの。お酒飲んでないってことは、高校生？」
　ともと名乗った女の子は、真っ黒の長い髪で大きな瞳が印象的だった。
　この島で真っ黒な髪の人を見るのは、珍しいような気がした。ここに集まる女性のほとんどが、茶色っぽい髪をしていたから。
「専門学校生です。まだ20歳じゃないから。あ、私は直って言います」
　私は同年代らしき３人が集まってくれたことに、ホッとしていた。
　大人ばかりの中にひとり、自分がいることが辛く感じられていた。いつもとちょっと違う先生もなんだか嫌だった。お酒を飲む姿は、私の家でしか見たことがなかったからかも知れない。
　お酒に弱い先生は、少しのアルコールですぐ赤くなり、

気分がよくなるんだ。悪酔いしたり、酒クセが悪いわけじゃなく、いつも上機嫌になるだけだった。
「ねぇ、彼氏かっこいいね」
　ともちゃんは、そう言って、先生を指差した。先生をチラリと見ると、赤い顔して大きな口を開けて笑っていた。
　私は、先生じゃない人を見ている気分だった。
　こんな人知らない……って思ったんだ。こんな先生、知らない。
　悲しい気持ちを忘れたくて、先生に背を向けた。3人組は、ひとりが高校生で、ふたりが大学生だった。
　最初に話しかけてくれたともちゃんは、大学生で、とても親しげに接してくれた。この島の雰囲気のせいなのか、満天の星空のせいなのか、初めて会った気がしない。
　ずっと前から友達だったような……そう思うと、先生のことも許せた。きっと、先生もそんな気分なんだ。

「彼氏、年上？」
　咲希ちゃんが、顔を近づけて話しかけた。
「うん……」
「いいね〜!　年上!!　私達3人とも、年上に恋してるんだ!しかも、片思い」
　他のふたりも、『ね〜』と言って、私に微笑みかけた。
　お酒が飲めない4人は、咲希ちゃんが持参したチーズを食べながら、恋の話に花を咲かせた。でも、常に左隣の先生の声を気にしてしまう。
　私の『先生アンテナ』が、先生の笑い声や、ささいな動

きをキャッチしてしまう。
「ねぇ、直ちゃん。今、実はやきもち焼いてるでしょ！」
　茉桜ちゃんが、手を伸ばして、私の肩をつついた。初めて会った人にまで、私のやきもちは見破られていた。
「バレちゃった？　……なんでだろ。私おかしいのかな」
　視線を雅子さんに移しながら、私が答えると、3人同時に、私の言葉を否定した。
「おかしくなんてない‼　当たり前だよ！」
　ともちゃんが耳元で言う。
「あの女の目、やだよね……」
　咲希ちゃんと茉桜ちゃんも続く。
「彼女いるのに、あんな色目使っちゃって……」
「まぁ、確かに彼氏かっこよすぎだよね」
　完全に私のグループと先生のグループに分かれて会話していることに、寂しさを感じた。
　先生は、いつでも私の隣にいて、私はいつも先生を見つめていたい。微妙な距離が悲しい。
「ねー！　彼氏、紹介してよ！」
　咲希ちゃんがそう言って、私のグラスにオレンジジュースを注ぐ。先生達の話の区切りが良さそうなタイミングを見計らって、声をかけた。
「先生！　ちょっといい？」
　……しまった。やっぱり、いつまでも『先生』と呼び続けていることは、こういう時、不便なんだ。
「えーーー‼　先生なの？」
「直ちゃんの彼氏、学校の先生？」

「えーー!! まじ?」
　騒ぎ出す3人を見て、雅子さんがひと言。
　私達4人を子ども扱いしているかのような落ち着いた口調で……大人な目をして。
「教師なんだ。どうりで話が合うと思った」
　意味深に微笑んで、またお酒を一気に飲んだ。
「初めまして。直の彼氏です。新垣です!!」
　先生は体を私達の方に向けて挨拶をした。
「え〜っと……知ってるみたいだから言っちゃうけど、俺は高校の教師です」
　教師って人気あるんだなぁって、改めて感じた。3人はキャーキャーと騒ぎ出し、嬉しそうに顔を見合わせた。その理由は、それからしばらくしてわかった。
　3人の中で、先生に恋をしている人がいたからだ。しかも、ふたりも。
「もしかして、禁断の恋ってやつですか?」
「高校生でも、恋愛対象に見れるんですか?」
　先生は頭に巻いたタオルを外し、もう一度巻き直す。
　見ないで、雅子さん。頬杖ついて、少し微笑みながら先生を見るのを……やめて。
　何でも知ってるかのように余裕な顔して、こっちを見ないで。先生は私のものだから。先生を見ないで。
「今は、卒業したから。当時は結構辛かったな。俺もだけど、特にこいつがぁ……」
　そう言って、先生は私の頭を強引に引き寄せた。それを見て、3人はまた喜んだ。

「実は私、今、学校の先生が好きなんです」
　咲希ちゃんのひと言で、先生は完全に私達のグループの会話に入って来てくれた。雅子さんは、ひとりでただお酒を飲んでいた。

　キキキキーーと鳴くヤモリにも慣れてきた午後9時頃。さっきまでの不安も消え、楽しく盛り上がっていた。
「体育の先生なんですか？　どうやったら、体が柔らかくなりますか？」
　咲希ちゃんは、そう言ってみんなを笑わせた。そんなお茶目な咲希ちゃんも、学校の先生に恋をしていた。
　先生のおにぎりを食べてる姿に一目惚れしたんだ、と嬉しそうな顔で教えてくれた。
　ともちゃんは、卒業した高校の担任の先生がまだ忘れられないでいた。教師って仕事は、ただ勉強を教えるだけじゃないんだ。ともちゃんは、その先生に生きること、人を愛すことを教わった。
　卒業して1年が過ぎてもまだ、先生以上に好きになれる人に出逢えない、と夜空にため息をついた。

「荒木さんを思い出すね……」
　私はポツリとつぶやいた。先生は、私の肩に手を回し、その手でぎゅっと肩を抱いた。
　今年の年明けに計画された同窓会が中止になった原因は、荒木さんだった。ゆかりと依子が幹事になって、同窓会を企画してくれた。

そこで、私と先生の事……発表してくれるはずだったんだ。でも、計画途中で知ったこと。
　荒木さんがまだ先生を忘れられないでいること……。電話連絡で、荒木さんに電話をかけたゆかりは、荒木さんの切ないほどの気持ちを知って、同窓会を延期にすることを決めた。
　わかるんだ。人の気持ちは、そんなに簡単に変わることはない。
　ゆかりも依子も私も、本当に好きな人がいるからこそわかる。
　ゆかりもなかなか龍を忘れられなかったし、依子も、先生を諦めるには時間がかかった。私だって、荒木さんの立場だったら、きっと今も引きずったままだったと思う。
　先生との思い出を毎日思い出し、いるはずのない先生の姿を専門学校で探してしまうだろう。
　コンパに行っても、他の男性とデートをしても、よけいに先生を好きなんだと感じて、悲しくなるんだ。
「私も、諦められないからその子の気持ちわかるなぁ。私なんて２年も会ってないのに、まだ好きなんだ。会ってなくても、気持ちが変わることがないなんて、自分でもびっくり……」
　茉桜ちゃんは、バイトで一緒だった年上の男の人が好きなんだ。しかも、２年間全く会っていないのに、気になって仕方がないんだって。
　その気持ちも痛いくらいわかる。私も先生と何年会わなくても、この気持ちは変わらない。

雅子さんは相変わらず、お酒を飲んでいた。時々感じる視線に、気付かないフリをした。オレンジと緑の派手なワンピースと、雅子さんの横顔が目に焼きついた。
「10時になったら、お湯止まっちゃうよ。シャワー行ってきたら？」
　雅子さんが立ち上がり、未成年の4人に声をかけた。
　嫌だ。ここを離れない。先生のそばを離れるなんて、嫌だ。
「新垣さん、ちょっと話しません？」
　なかなか席を立たない私達をチラッと見て、雅子さんは大胆に先生を誘った。
　お願い。断って。先生……。
「ん〜……。直、シャワー浴びて来いよ」
　一瞬のうちに瞳の中が、涙でいっぱいになった。
　気付いて、先生。さっき、シャワー浴びたから、別にもういいもん。それよりももっと、大事な守るべきものがある。
「彼氏借りるね。ごめんね！」
　雅子さんが立ち上がる。そして、先生が立ち上がる。
　どこ行くの？
　泣き虫でやきもち焼きな直が、ここにいるのに、先生はどこかへ行くの？
「ツバルの未来について語ってるから、シャワー浴びてこい。部屋の鍵、閉めろよ〜！」
　先生の方を見ない私に向かって、先生が笑いかけた。私

の瞳に溢れる涙にも、気付かない。
　先生が一歩ずつ私から離れる足音が、聞こえた。ツバルの少年に話しかける雅子さんの声が聞こえた。

　我慢できない。もうやだよ……。
　何も言わず、私は部屋に向かって走った。
　3人は、『直ちゃん！』と私を呼んだ。あとを追いかけて来てくれた3人が、部屋の前でうずくまる私の背中を撫でてくれた。
「直ちゃん、大丈夫？」
「先生呼んで来ようか？」
「大丈夫だって‼　あんな女、相手にするわけないじゃん！」
　今日初めて会った友達が、私を理解してくれて、私のために必死になってくれていた。それが嬉しくて、いろんな涙が混ざり合う。
　ガタン‼　大きな音に私は顔を上げた。
「直、どした？　みんなもごめん。心配かけて……」
　頭に巻いていたタオルを手に持った先生が、立っていた。
「いいよ……。先生、戻っていいから」
　私は、無理して笑顔を作り先生を見た。
「私達、シャワー浴びてくるね。またさっきのベンチで待っててね」
　ともちゃんが気を利かせて、その場を離れた。

キッキッキーーーー。
　キキキキーーーー。
　激しく鳴くヤモリ。遠くから聞こえる、三線の懐かしい音色。
「直……!!!」
　少しお酒の匂いのする大きな胸に、抱きしめられた。
　ごめん、先生。こんな所に来てまでまだやきもち焼きで、子供な私を嫌いにならないで。
　卒業して1年以上が過ぎ、成長できたと思っていたのに。私は、何も変わっていなかった。
　信じることと嫉妬することは、どう関係してる？　信じてるよ。
　でもね……嫌だったんだ。先生が雅子さんを好きになるなんて思っていないよ。
　でも、雅子さんが先生を見つめるのが、たまらなく嫌だったんだ。
「ごめんなさい。先生……」
「謝んな。俺が悪い……ごめんな、直」
　抱き合いながら、部屋の中へ入る。
　真っ暗な部屋。窓が開けっ放しで、涼しい風が部屋の中を通り抜ける。
「直。俺は、直の俺だから。お前だけの俺だから……」
　お酒のせいか、先生のキスはとても激しかった。
　そんなセリフを言わせてしまってごめん。
　直の俺だから……なんて、言わせてごめん。ごめんね。
　先生は私のモノじゃないのに……。ひとり占めしたく

なってしまう。

「不安にさせてごめん……直、元気出して」
　先生が強く私を抱きしめた。
　部屋の電気は消したまま。お互いに謝りながら、何度もキスをした。
　部屋には、まだ昼間の海辺の匂いが残っていた。
「直、俺を嫌いになった？」
　私のおでこに、先生のおでこをくっつける。
「うん……1秒だけ。でも今は、大好き」
　離したおでこをもう1度くっつける。
「1秒でも嫌われるなんて俺、いやだー‼」
　先生は、私の背中に手を回し、抱え込むように抱きしめた。
「嘘だよ、先生。大好き」
　サンダルを脱いだ素足に、畳の上の砂がくっつく。背伸びして、先生の首に手を回した。
「このままお前と、ふたりきりでいたい」
「だめだよ。宴会はまだまだこれからだから」
　遠くから聞こえる笑い声。
　もう大丈夫。もう雅子さんが先生を見つめても、先生に触れても私は泣かない。
　ここにいる先生が全てだから。先生が私を追いかけてきてくれて、謝ってくれて……。たくさんの愛を伝えてくれた。
「じゃあ、続きはあとで……」

先生は、ドアを開けて……ちょっとエッチな顔で微笑む。
「うん。私もツバルって国のこと知りたい」
　先生は私の手を握り、にっこりと微笑んだ。
「そういうとこが好き。な～お～！」
　肩を寄せ合いながら、宴会の輪の中へ戻る。
　雅子さんの姿が見えなかった。その行方は少し気になったけど、私の心はさっきまでとは違っていた。

　少年の隣に座った先生。すぐに打ち解けることができる先生は、教師に向いているんだとしみじみ感心した。

「この子は、16歳」
　驚いた。小学生にも見えるほどの体格。彼の向かいに座る夫婦が、彼の代わりに答えてくれた。
　その夫婦は、ツバルで医師として働いている日本人だった。病気がちな彼の両親の代わりに、彼の面倒をみているそうだ。
「シ　ズ　ム……」
　片言の日本語で彼が繰り返した言葉。
　沈む。沈むかも知れない島。
　多くの人にこの現状を知ってもらうために、彼を旅行に連れてきたと、その医師夫婦は言った。
「何が、できるんだろう」
　私が漏らした心の声は、周りにいるみんなの声だった。

何をすればいいのか、どうすれば救えるのか、わからなかった。
「知ることが大事だと思う。地球温暖化や、戦争や、この地球の問題を他人事だと思わずに、受け止めることから始めよう」
　高校時代を思い出す。まるで、先生の授業を受けているようだった。

　先生の授業、久しぶりだぁ……。1年ぶりの先生の熱い授業は、多くの人の心に届く。
「できることから始めよう。ご飯を残さない、ゴミを捨てない……電気をすぐに消すとかさ。何か、小さなことでもいいから今日から実行しよう」
　先生の熱い言葉は、会ったばかりの人にも伝わっているようだった。先生よりずっと年上の人も、頷いて目を輝かせた。

　自慢の彼氏。
　一生、先生は私の自慢の『先生』なんだ。
　先生の横顔を見つめていると、その先に雅子さんが立っていた。タバコを口にくわえたまま、先生の話を聞いていた。
　さっき、先生が私を追いかけたことに腹を立てたのか、先生と何かあったのか、雅子さんは不機嫌な顔をしていた。
　先生の右斜め前の席が空いていて、そこに雅子さんが

座ったらどうしようかと思った時だった。シャワーを終えた３人組がそこへ座ってくれた。

「どう？　仲直りした？」
　ともちゃんの囁き声を、先生が聞き逃さない。
「ん？　ラブラブだよ〜！　ありがとな！」
　先生は、この旅に来てから大胆だ。
　頬を寄せる先生と私を見て、ともちゃん達３人は、顔を赤らめた。
「よかったね、直ちゃん」
　テーブルの下で、私の足を蹴る３人に、私もキックで応えた。
　南の島で出逢った温かい友達。ここに来なければ出逢えなかった、素敵な仲間。

「盛り上がってますか？　お酒はまだありますか？」
　食堂から顔を出したおじいさんは、もう眠そうな顔をしていた。
　酔っ払った尾崎さんが叫ぶ。
「じいじ！　何か歌ってくださいよ〜！」
　その声に、みんなも拍手をして、盛り上がる。お酒を飲んでいないのに、私まで飲んでいる気分になっていた。
　この島の雰囲気と人の温かさに酔っているのかな。

「では、踊りましょうか。この中で新婚さんいますか？」
　ぐるりと見渡したおじいさんの視線が、私と先生の所で

止まる。と、同時にみんなの視線も私達へ向いた。
　一番遠いテーブルの端に腰掛けた雅子さんと、目が合った。
「いや〜！　まだ結婚してないんですよ。僕ら」
「新婚さんかと思ったねぇ……まぁ、そのうち新婚さんになるんでしょう」
　おじいさんの言葉に、3人組が賛同する。
「おめでと〜‼　直ちゃん！」
　ツバルの少年も、先生を見上げて両手を高く上げて手を叩いた。
「じゃあ、そこのおふたりさん、お立ちなさい」

　顔が熱い。
　先生とふたりで、大勢の人の前で注目されている現実にドキドキした。
　初めてだった。隠れてばかりの恋だった。ふたりで人前に出ることにまだ慣れなくて、先生と私は顔を見合わせて、照れた。
　おじいさんが教えてくれたのは、島に伝わる恋の歌。新婚の夫婦を歌った歌だった。
　歌詞の意味を教えてくれながら、おじいさんは踊り出す。
　その踊りを覚えるように言われた私と先生は、照れながらも必死で覚えた。
　間近で見る先生の照れた表情がかわいくて、抱きしめたくなった。こんな表情を見るのは初めてだった。

目は、フニャ〜って感じで、口元は笑いを堪えるのに一生懸命。握り合う手がお互い緊張で濡れていて、それも幸せだった。
　先生が愛しくてたまらない。

　手拍子の中、先生と私は島の踊りを踊った。
　忘れない。今の顔。照れた表情と笑い声。
　先生、好きだよ。
　いつか、またこの場所で、今度は私と先生の子供と一緒に踊ろうね。
　楽しい夜は、丸い月と輝く星に見守られながら更けてゆく。

　飲みすぎた先生が庭に置かれたベンチに横たわる。先生が寝返りをうつたびに、ベンチがギシギシと音を立てた。
「なお〜！　いつの間にかふたりきりだなぁ！」
　深夜の１時を回り、最後まで残っていた３人組も部屋に戻った。
　明日の朝、ここを発つという３人組とは、連絡先を交換し、またここで会いたいねと手を振った。ほとんどの人が、今晩でこの宿とはお別れだと言っていた。
　あの人も……雅子さんも、先生にさよならと言って、宿には戻らず夜とは思えない明るい夜道へ散歩に出かけた。

「先生、トイレ行ってくるね」
　ベンチで転がったままの上機嫌な先生を置いて、トイレ

へ行った。手を洗っていると、庭の方から声が聞こえた。
　トイレに行ったことを後悔した……。
　何を話しているのかは聞こえなかったけど、その話し声は、先生と雅子さんであることはわかった。
　水道から出る水は、生温かい。鏡に映る私は、日に焼けて少し赤かった。
　勇気のない私。彼女なのに、その会話が終わるまでトイレで待っていた。
　堂々と行けばいいのに……何、遠慮してるんだろう。

「先生‼」
　何焦ってるんだろ、私。大事な宝物を誰かに取られそうになって、必死になる子供みたい。
「おせ～よ。お前がいないから、俺が誘拐されそうになっただろ～！」
　ベンチに座った先生が、眠そうな目で私を睨む。そう言って、先生は視線を宿の部屋の方へ向けた。
「誘拐？　大丈夫だった？」
「大丈夫。俺、一途だから。直一筋だから！」
　ベンチに座った先生が、にっこりと微笑んで両手を広げた。その両手の中に飛び込んで、先生の胸に顔をくっつけた。

　酔っ払ってる上に、この時間だから、部屋に戻るとすぐに眠るんだと思っていた。暗い部屋の電気をつけようと、スイッチを探しているうちに、先生のスイッチがＯＮにな

る……。
「直が欲しい」
　お酒のせい？　沖縄の自由な風のせい？
　情熱的な先生のキスに私は溶けてゆく。先生の熱い瞳に吸い込まれる。

　クーラーのない部屋で、窓を開けたままひとつになった私と先生。声を押し殺して抱き合うと、本当にひとつになっている感覚になった。
　あんなに鳴いていたヤモリも、眠ってしまったのか、辺りは静かだった。窓からの風が心地良く、私と先生はひとつになったまま窓の外を見た。
「月、見る？」
　先生は私を抱き上げて、そのまま窓の方へと移動した。窓から外を見ると、もう夜中なのになぜか明るかった。
　夜道を照らす灯りも、東京とは違っていた。オレンジ色をした灯りが、今日の夕日を思い出させてくれる。

　コンクリートの道を歩き慣れた私達は、この島の貝殻だらけの道に懐かしさを感じた。テレビのない部屋は、鳥の鳴き声や、風の音までもが聞こえるようで自然と共に暮らしているんだと思えた。

「俺、直がもっともっと好きになったよ」
　髪を撫でる手。頬に当たるひげが気持ちいいんだ。
「私も、先生がもっと好きになっちゃったよ」

窓の外を眺めながら、いろんなことを考えた。
　昔の日本を私は知らないけれど、きっとこんな風に自然と対話しながら、毎日人々は生きていたんじゃないかって思う。
　太陽の位置で、時の流れを感じ、月の満ち欠けで、季節の移り変わりを知る。
　時間に追われることなく過ごすと、1日はこんなにも長いんだと気付いた。

「明日もいっぱい遊ぼうな」
　先生は、私のおでこに長いキスをした。
　先生が先に眠った。私は携帯電話の画面の明るさを利用して、日記を書いた。
　思い出せる全ての嬉しい先生からの言葉を書き留めた。
　いつか読み返そう。
　その時の先生の照れた顔を想像すると、なんだか泣けてきた。
　ありがとう、先生。

「かずと……」
　先生の寝顔にそっとキスをして、私も眠りについた。

8. 直の涙【先生】

　この島の朝日は、見逃すわけにはいかねぇ。
　今日は、直とシュノーケリングをする予定。体育教師でありながら、海の魚と泳ぐ経験は過去になかった。初めての経験に、俺も直も興味津々で、旅の前から想像して楽しんだ。

　正直、ちょっと昨夜は飲み過ぎた。俺としたことが。あまり寝ていないのに、俺も直もすっきりと起きることができた。それは、ニワトリの鳴き声のおかげ。
「うぅ～、おはよ、直」
「おはよ～、せんせ……」
　裸にキャミソールだけ着て寝ていた直。眠そうに目をこする直の肩ひもがずり落ちているのを見て、朝から俺のテンションＵＰ！

　朝日を見に行くために、着替えようとする直を後ろから抱きしめた。予想もしない俺の動きに、ビクっとした直。
　昨夜の直は、またまたかわいかった。声を出してはいけないっていう緊張感と、ドキドキ感。
「直……朝からエロい俺は嫌い？」
「ん……大好き、先生。でも、朝日、間に合わなくなるよ」
　俺は、直に優しくキスされて、大人しく着替え始めた。

結婚したら毎日、俺こんな幸せなの？　本当に、やばいって……。想像しただけで体中の血流がよくなるっていうか、なんだか元気になる。
　空港で買った、お揃いのアロハシャツを着る。直がピンクで、俺が青。
　俺は見た。この目でしっかり見た。
　直はノーブラだぁ‼
　ふふふ。油断してるな、直。

　自転車をゆっくりとこぎながら、もうすっかり覚えた道を行く。もうずっとここに住んでいるような気分になっていた。
　すれ違う牛は、もう俺を覚えてくれた？　初めて会うポニーが、物珍しそうに俺を見つめた。
　朝日と共に始まる１日。まだ抜けていない酒を、全部洗い流してくれるような日の出の始まり。
　ゆっくりとゆっくりと、空の色を変えて行く朝日。真っ暗な俺の心をカラフルに染めた、直のようだった。
　俺は朝日を見つめながら、俺の肩に頭を置く直を想う。
　昨日の夜の直の涙……俺は忘れない。
　まだまだ俺も、直にふさわしい男になれていないんだと感じた。

　そうだよな……。俺、バカだよ。直がやきもち焼きで、でもそれを我慢しようとする性格だってわかってんのにさ。直が嫉妬するのは、生徒だけなわけないのに。油断し

てた。
　この島に来て、俺は幸せで……いつもより酒を飲んで、浮かれてた。
　直がやきもちを焼く相手ではないと、勝手に思っていた。だって、俺とは住む世界の違う女性だったし、その場だけの会話を楽しんだ。
　でも、直はさすがだ。俺に好意を持つ女には、敏感に反応する。
　俺も気付いていなかった雅子さんの微妙な心情に、直は気付いていた。だから、直は泣いた。

　直が走って行った時、俺はすぐに席を立った。友達３人が直の名前を呼んだ時、俺は自分の失敗に気付いた。
「待って！」
　かけ出そうとする俺の腕をつかむ人。雅子さんだった。
　ひとりで世界を旅する彼女は自立していて、大人に見えた。昔、教師を目指していたという話も聞いていた。男なんて必要ない女性に見えた。
　しかし、俺の腕をつかんだ彼女の目は、ひとりで生きていけるほど、強い目ではなかった。すがるような瞳で俺を見つめていた。

　俺はゆっくりとその手を払いのけ、言った。
「ごめん。大事な彼女なんで……」
　俺は、彼女の目を見ずにそう言って、直を追いかけた。
　その時やっと俺は気付く。雅子さんが俺に何かを求めて

いることに。
　雅子さんが走ってどこかへ行ったが、俺には関係ない。俺が今心配なのは、直だけだから。

　直は言う。
『信じることとやきもちを焼くことって、どういう関係?』
　いつも俺は答えられない。信じていればやきもちを焼かないのかと聞かれれば、それは違うような気がした。
　俺は直を信じている。
　直も俺を信じている。
　でも、嫉妬心は消えることはない。

　俺は、追いかけた。
　部屋の前に直がしゃがみ込んでいた。直の周りには、できたばかりの友達がいた。
　直はいつも友達に恵まれている。それは、直が優しくて友達想いの子だからだろう。
　直を取り囲む3人組を見ていると、直の学生時代を思い出した。俺の知らないところで、こんな風に泣いていたのか……。
　教室の片隅、体育館の裏……。直は、こんな風に友達に背中を抱かれ、涙を流していたのか。
　ふたりきりになった俺と直は、何度も謝り合う。直は何も悪くないのに、ごめんと何度も頭を下げた。
　俺が悪いのに……。俺が軽率だった。
　俺、雅子さんにそんな気があるなんて、全く気付いてい

なかった。
　謝りながらキスをした俺達は、また少し成長した。

　仲直りをした俺と直は、宴会に戻る。
　俺と直が指名され、島に伝わる民謡に合わせて踊った。
　緊張しちゃってさ……なんだか夢の中みたいだった。
　その時、俺思ったんだ。
『一生忘れない』って……。涙が出るんじゃないかと思うくらいに、幸せだった。
　酔っ払った俺はベンチに横になり、直に頭を撫でられていた。今夜でお別れだという旅人達と別れを惜しみつつ、夜は更けてゆく。

「直と俺はどうしてこんなにラブラブなの？」
　俺の質問に直はただ笑っていた。直は辺りをキョロキョロと見回していた。
　俺にはわかった。直が探しているのは、雅子さんだ。
　雅子さんは、宿には戻らずに散歩へ出かけた。誘うような目で俺を見ながら、手を振った。
　直を悲しませてまで、話したい相手ではない。彼女がいると知っていて、俺を誘う雅子さんは、第一印象とはかなり違った人だ。
　自立した大人の女性ではなく、寂しさを素直に表現できない強がりな女性。

　直がトイレへ行き、俺はひとりベンチで横になってい

た。星の数が多すぎて、俺はひとりで「すっげー」と声を出した。

　感動した。明日は、この星空を直とふたりきりで見ようと決めていた。

　どうか晴れてください。

　俺と直のここでの最後の夜。満天の星の下で愛を語り合いたい。

　ガサガサと音がして、俺は少し起き上がる。直だと思ったら、そこに立っていたのは雅子さんだった。

　泣いていたんだとわかるくらい、目のまわりが濡れていた。

　俺に何を求めてる？

　ただの旅先での思い出の1ページだと俺は思っていたのに、雅子さんは違っていた。

「私じゃだめですか？」

　はっきりと答えられる質問をしてくれて、助かった。酔いも覚めた俺は、強い口調で言った。

「はい」

　どう思ってる？　なんて聞かれると答えに困るけど、今の質問にははっきりと即答できる。

　雅子さんは涙を浮かべて、俺の肩に触れた。

「連絡先、教えてもらえない？　また会いたいの」

　トイレの方向から物音が聞こえた。俺は、またその手を振り払う。

「ごめん。俺は、もう迷ったりしないんだ。雅子さんもきちんと誰かと向き合う恋愛をした方がいい。俺は、力にはなれない」
　雅子さんが、ばいばいと小さな声でつぶやいた。同時にトイレから足音が聞こえた。
　直は話が終わるまで、待っていた。そういう所も好きだ。
　私の彼氏に手を出さないで！　なんて、あいつは一生言えないんだ。
　控えめに、でも、とても強く俺を愛してくれる彼女。
　もう泣かせないよ。

◆◆◆◆◆◆◆◆◆◆◆◆◆◆◆◆◆◆

　あれは今年の新年会のことだった。高校の教職員での新年会の幹事役だった俺。

「新垣先生、私はお肉が苦手なんです」
「おい、新垣！　俺は野菜食えないから！」
　わがままな先生達の要望に、うんざりしていた。
　直は店を探すのを手伝ってくれた。30人以上で貸切できる部屋のある飲み屋を探して、直と一緒にその店の下見に行った。
「いいなぁ、私も一緒に行きたいよ」

直はぷ〜っと頬を膨らませて、すねて見せた。
「俺も直を呼びたいよ。苦労して店を選んでも、絶対に文句言う人がいるからな。幹事は疲れるよ」
　結局、高校から近い場所にある炭火焼きの居酒屋を予約した。文句が出ることは覚悟していたが、女性の先生からは嫌な顔をされた。

　忘年会、新年会、歓送迎会……。教師の仕事以外にもこういったイベントが多く、俺くらいの年齢の先生は本当に大変だった。
　酔っ払った先輩の先生を家まで送らされた忘年会。正直、1次会で抜けたかったけど、俺にそんな道は許されていない。2次会のカラオケでは、こっそりトイレで直に電話をしているのを校長先生に聞かれたりした。

「明日の新年会、楽しみですね！」
　どうして参加するのか俺には理解できなかったが、去年まで事務で働いていた20代半ばの女性も参加するようだ。
　ケーキを土産に職員室へやって来て、なぜか俺の隣に座っていた。去年のバレンタインデーにチョコをもらったことを思い出し、俺はわざとらしく言う。
「明日は早めに帰りたいっすね〜！　彼女待ってるし」
　その女性は、一瞬、俺の言葉に動きを止めてから、席を立った。
　翌日の新年会は、くじで席を決めることになった。厄介な席にはなりたくない。音楽の先生も、英語の先生も、昨

日の事務の女性もどうか俺から離れてくれ。独身で体育の教師ってだけで、俺に色目を使う。俺のこと何も知らないのに……。
　やっぱり早く結婚したいな、直と。

「やったぁ!!　隣ですね!」
「新垣先生、隣いいですか!」
　俺はくじ運が悪い。右隣には音楽の若い女の先生、左隣には事務の女性。
　せめてもの救いは、前に座ったのが、俺と仲のいい先輩だったこと。
　直は俺が飲み会の日は、必ず友達と遊んでいた。たったひとりでいると想像してしまって、やきもちを焼いて苦しいと言っていた。
「心配するようなことは何もないよ」
　と、俺は言うが、実際こんな状況を直が見たら、絶対に心配する。もし、逆に直がこんな状況だったら……俺は嫉妬で狂いそうだ。

　俺の右肩に触れる手を何度も払いのける。俺がトイレに立つと、事務の女性が一緒についてきた。
「新垣先生、メールアドレスか電話番号教えてくれませんか?　職場が変わってからは全然会えなくて、本当に寂しかったんです」
　トイレの前で俺の腕をつかむ。随分飲んだようで、彼女の歩き方はフラフラだった。

「すいません。彼女いるんで、教えられないです」
　俺はトイレに入り、直にメールをする。
『直、早く帰りたいよ。帰ったら電話するから』
　メールの返事を見ないまま、俺は宴会の席に戻った。それが間違いだった。

　先輩に酒を飲まされて、俺も少し酔っていた。でも、事務の女性は俺よりももっと飲んでいた。酔いつぶれた事務の女性が、泣きながら店の外に出た。
「お前が何とかしろよ！」
　先輩に言われ、渋々あとを追った。店の前でうずくまる彼女を見つけ、気分が悪いんだと思い、背中を撫でた。すると、彼女は大声で泣きながら、俺の胸に飛び込んできた。焼き鳥の匂いが自分の服にも彼女の服にも染み付いていた。

「せんせ……」
　俺の背後から聞こえた声は、直の声。振り向くと同時に俺は事務の女性を振り払い、直の元へ駆け出した。抱きしめることができなかった。
　さっきまで、この胸に一瞬でも違う女性がいた。だから、俺はただ直の両手を握って謝った。
「わかってるよ……　先生は悪くないよ」
　直は、目にいっぱい涙をためて、地面を見つめていた。少し離れた場所に、直の親友の中田ゆかりがいた。
「状況はだいたいわかるけど、先生にも隙があるんだよ！」

ゆかりの言う通りだったかも知れない。
　俺は、涙を我慢する直の頬に触れた。直が俺の胸に飛び込んできてくれた。
「ごめんな、直。ごめん。今日、終わったら会いに行くから」
　俺は直の香りで、焼き鳥の匂いを消したかった。
　中田に言われて、俺は自分の携帯電話を見た。直からのメールに気付いていなかった。
『今から新年会のお店の前に行くね。他の先生にも会いたいし、待ってるよ』

　店に戻ると、事務の女性は先に帰っていた。
　思い返せば、去年のバレンタインに俺がちゃんと断ってさえいればよかった。義理か本命かなんて、チョコを見ればわかったはずだ。
　俺の曖昧な態度が、彼女の気持ちを大きくしてしまった。あの時、しっかり俺が彼女がいることを告げていれば、彼女も新しい恋に踏み出せたかも知れないのに……。

◆◆◆◆◆◆◆◆◆◆◆◆◆◆◆◆◆◆◆

　直よりも先に目覚めた俺は、なかなか成長できない自分自身にため息をつきながら、窓の外を見た。
　窓の外に見えた後ろ姿は、雅子さんだった。まだ暗い道

を、大きな荷物を持って歩いていた。
　さよなら。雅子さんのおかげで、俺は少し成長できるかも知れない。
「昨日の朝日と少し色が違うな」
「うん。毎日少しずつ違うんだね」
　また１日が始まる。日の出と共に、俺と直の１日が始まる。
　砂の上に寝転んだ俺と直が、絡み合う。

「直、俺知ってるんだぜ。ノーブラだろ？」
　俺が直の体をぎゅっと抱きしめると、直は、必死の抵抗で俺から逃れようとする。
「先生のエッチ〜!!」
　朝食を食べに宿に戻る。食堂には、まだ３人組が残っていて、直は飛び上がって喜んだ。こんな直を見るのも久しぶりだ。
　俺はこうして、時々直の高校時代を思い出す。
　きっと一生思い出す。
　俺と直が出逢った場所。
　出逢った時着ていた制服。
　俺に向けられていたあの視線。
　俺を呼ぶ声。
　制服を着た直は、いつも友達と笑いながら飛んだり跳ねたりしてたっけ。
　戻ることはできない。でも、俺の心の中でいつまでも新鮮なままなんだ。

いつまでも高校生の直が、教師してる俺に微笑んでくれているように感じる。
　学校のあちこちに、直の笑顔が転がっているんだ。

「先生、直ちゃんのこと頼んだよ」
「結婚したら、子供に会わせてね」
「手紙書くね～！」
　３人組の元気な声に手を振る俺と直は、少し寂しい気持ちで部屋に戻る。
「眠い～！　シュノーケリング、何時からだった？　それまで寝ようね」
　直は、敷いたままの布団に転がった。
「11時からだったよな。それまで寝る？　そんなの俺が許さない」
　俺は直の上に馬乗りになって、直にキスをした。
　俺、何歳だよ……。
「じゃあ、先生ごっこしよう」
　直は、時々こんなことを言う。

「矢沢‼」
「…はい」
「矢沢は声が小さいから欠席にするぞ～！」
　何度も出席を取ったな。
　最初に出席を取った日、俺は直にこう言ったっけ。
　それを直も覚えていて、時々「先生ごっこ」をしたりする。

教師だった俺を好きになった直は、俺の授業が大好きなんだって。忘れたくないから時々、『矢沢』って呼んでほしいなんて言う。かわいいから許すけど。
「おい！　矢沢！　今からマット運動をする。服を脱げ！」
　完全にエロスイッチの入った俺。
「先生、服を脱ぐ必要あるんですか？」
「じゃあ、そのままでいいから。柔軟体操するぞ……」
　もしこの会話を盗み聞きされていたら、俺と直は変態カップルだ。ふとんの上で体の硬い直の背中を押す。

「次は、柔道だ。矢沢の苦手な寝技を練習する」
　寝技をかけるフリをして、俺は直にキスをした。この旅に来て、キスばっかしてる俺。
　いいじゃん……。普段はあまりゆっくり会えないし、したいんだから仕方ない。

「矢沢……」
「せんせ……」
　朝っぱらからこの爽やかな島で、俺はいったい何をしてるんだぁ？
　俺の伸びたひげに触れた直。直の顔にひげをくっつける俺。
　馬鹿でもいい。俺と直は、懐かしい日々を思い出しながら、お互いの大切さを改めて感じるんだ。

もう直のいる教室で、ホームルームをすることもない。もう直にハードルや水泳を教えることもない。「矢沢！」って出席を取って、声の小さい直に注意することもない。
　廊下で俺を呼び止める直には、もう会えない。
　でも、今はこんなに近くにいる。俺の一番近くに。

　許されない恋で、辛かったけど、あの期間の気持ちは俺の宝物。
　もう二度と戻れないあの頃を、常に心の中に置きながら生きていた。
　俺も直も……。

　俺は部屋に転がる直の携帯電話に貼られたプリクラに視線を移す。
　あれは確か……俺と直との初プリクラ。

◆◆◆◆◆◆◆◆◆◆◆◆◆◆◆◆◆◆

「先生！　プリクラ撮りたい!!」
　今年の春、遊園地にデートへ出かけた。初めての遊園地デートに、直だけじゃなく俺も浮かれていた。プリクラは苦手だって言ってた俺が、2枚も撮った。

「最近のプリクラってすごいな!!」

学生の頃撮った記憶があるけど、自分のプリクラは一枚も持っていない。それくらい俺は関心のないプリクラ。
　直と中田のプリクラを携帯に貼っているけど、それは彼女の存在を周りに知らせたかったからだった。
「オヤジみたいなこと言わないでよ、先生！ ほら、何か書いて！」
　突然ペンを渡されて、画面の中の写真に落書きをする。初体験……。
　頰を寄せ合った２人の顔の間に、『LOVE』と書いた。俺がそれを書いている間に直は10倍くらいの落書きをしていた。そのどれもが愛に溢れていて、俺はプリクラ機の前で直を抱きしめてしまいそうになった。
『一生愛してる』とか、『先生命』とか。
　たくさんあるプリクラ機の中で俺達のいるプリクラ機だけが、後ろに誰も並んでいなかった。
「もう１枚撮ろうよ！」
　強引に引き戻されて、俺は再びカメラの前へ。
「チュープリ撮りたいなぁ……」
　ポツリとつぶやいた直の声を、聞き逃さなかった。出来る限り、直のしたいことは叶えてやりたいといつも思っていた。
　でも……何？ チュープリって。俺、オヤジじゃん。
「チュープリってどんなの？」
「……恥ずかしいからいいや。何でもない。変顔にしよ！」
　直と俺は変な顔をして、プリクラを撮った。直は俺の頭の上にハゲ頭の絵を乗せて、『ハゲても好き』と書いた。

直はチュープリっていうものが撮りたかったんだ。もっと突っ込んで聞いてやれば良かった。

◆◆◆◆◆◆◆◆◆◆◆◆◆◆◆◆◆◆◆

　翌日、学校で生徒から教えてもらった。チュープリとは、チューしながら撮るプリクラのことらしい。
　恥ずかしいからと言った直の顔を思い出す。
　撮ろうな、直。次は、チュープリでも何でも撮るからさ。

　俺は眠ってしまった直の唇にそっとキスをした。
　窓から差し込む朝日で直が日焼けしないように、俺はカーテンを閉めた。

THIRD WIND

9. 守りたい景色

　朝日を見に行ったあと、私は先生と甘い時間を過ごした。寝ようと思ったら、先生が私の上にいた。かわいい先生の顔を見ていると、わがままを言っちゃう。
『先生ごっこしよ』なんて言う私のお願いを、先生はちゃんと聞いてくれる。
　懐かしい教師の口調で先生が体育を教えてくれた。でも、今日の新垣先生はちょっとエッチだったけどね。
　いつの間にか眠ってしまっていた私と先生。心地よい朝日を浴びながら、気持ちよく夢を見る。
　セットした携帯電話のアラームの目覚ましが鳴るまで、ぐっすり眠っていた。先生は若干二日酔い気味で、水を一気飲みしていた。

「大丈夫？　お酒残ってて、船酔いしない？」
　先生は、水を飲みながら右手の親指を立てる。
「俺を誰だと思ってるんだぁ？」
　私と先生は、体中に日焼け止めを塗り合う。シュノーケリングの日焼けは、相当すごいんだって。昨日ともちゃんが言ってたっけ。半年もお尻の日焼けが取れなくて、やけどのように真っ赤になったって。
　先生は、海パン姿で私の背中に日焼け止めを塗ってくれる。

「あ……やっべぇ。日焼け止めってエロいよ……」
　先生は、海パンの上に半パンをはいて、照れ笑いした。
「今度は私が塗るね」
「それもヤバイって‼　俺って、高校生並に敏感じゃん！」
　先生と一緒にいるとどんなことも楽しくて、ささいなことも忘れられない思い出になる。
　ようやく日焼け止めを塗り終えた私と先生は、迎えにきた軽トラックに乗り込む。港につくと、小さな船に乗り換え、そこから隣の島へ移動した。
　水しぶきが顔にかかるのがとても気持ちいい。その気持ちよさそうな先生の顔もかわいい。なびく髪と細める目。

　隣の島は、少しだけ都会的な香りがした。
「あと30分でまた船に乗りますので、おみやげを買う人は急いで買ってください」
　私は、この旅でたくさんのおみやげを買う予定。先生に笑われたけど、おみやげリストまで作ったんだ。

　入ったお土産屋さんは、この島で有名な石のアクセサリーのお店。そこで、私が手に取ったブレスレットには、『恋愛に効く石』と書かれていた。
「お前、もう片思いじゃないんだから……これにしろよ」
　先生が手にしていたのは、『永遠の愛』って書かれたブレスレット。
「これふたつください！」
　私が嬉しくて言葉を出せないでいる間に、先生がそのブ

レスレットを買ってくれた。しかも、アクセサリーなんて普段はつけない先生の分まで……。

初めてのお揃いのアクセサリーに、ニヤけた顔が元に戻らない。

　私は『恋愛に効く石』を3つ買うことにした。
　学校の仲良しの3人は、恋をしていた。桃子は、年上の先生にまだ気持ちも伝えることができないでいた。先生は多分バツイチで、今は彼女もいないらしい。でも、桃子が言うには、先生と話していると親子みたいだって……。
　恋愛対象として見てくれてないことが、桃子を臆病にしていた。近くにいるのに話しかけることができなかったり、変に意識して冷たい態度を取ったりしてしまう。
　先生と生徒の恋……。難しいけど、うまく行って欲しいと願ってる。
　美穂は、年上の彼氏がいるんだけど、彼の気持ちがつかめないで不安だと話していた。大学に通う彼は、研究に夢中で、そんな彼を応援しているはずなのに寂しい自分もいて……。美穂は彼にやつあたりしてしまう自分を責めた。
　1度だけ会ったことがあるんだけど、その彼は本当に優しい笑顔で、口調も穏やかで素敵な人だった。
　このふたりはどことなく、たっくんとゆかりに似ているような気がした。
　あゆみは、好きな人が外国へ留学することになって、今落ち込み中なんだ。
『メールも電話もできるよ！』って3人で元気付けているん

だけど、やっぱり会えないことが辛いよね。しかも、はっきりと付き合おうって言い合ったわけじゃなく、微妙な関係らしいんだ。はっきり付き合っていても不安なのに、付き合っていなくて離れるなんて絶対に辛い。

　私は遠距離恋愛とか絶対無理なんだろうな。

　先生は、平気なのかな……。先生は、大人だし、私を信じてくれてるから、へっちゃらなのかな。

「直、どした？」

　ブレスレットを手に持ったまま時間が止まったように一点を見つめていた私に、先生が声をかけた。私は……大好きな、『どした？』が聞けて、ニヤニヤ……。

「先生、遠距離恋愛ってどう思う？」

「ん？　あゆみちゃんのこと？　俺は、絶対に耐えらんねぇな……」

　レジのお姉さんは、きっと不思議に思っただろう。どうして私の目が潤んでいるのかって……。

　だって……。先生は大人で何でもできて、かっこよくて完璧で。でも、遠距離恋愛、耐えられないって言ってくれたんだ。

　私と同じように思ってくれてることが嬉しくて、本当に幸せで……胸が熱くなったんだ。

　先生の提案で、たっくんとゆかりにお揃いのブレスレットを買った。

「たっくんは、まだまだ子供だからなぁ。俺が面倒みてや

らないと……」
　いつの間にか、相当たっくんは先生を慕っていた。たっくんだけじゃなく、先生と接した人はみんな先生を好きになっちゃうよ。
　同じものを依子と龍にも買うことにした。おみやげはどんどん増えていく。
　私と先生の初めてのふたりきりの旅行。絶対に一生忘れられない思い出になる。
　だから、みんなにも持っていて欲しいんだ。私と先生が選んだおみやげを……。

「やばい！　直、そろそろ戻らないと！」
　先生と私は走って港へ向かう。そこに待っていたのは、爽やかな若い男の人ふたり。先生よりも少し若いくらいかな。茶色い髪のせいで、若く見えるだけかも知れない。
　船に乗り込む時に、先生の横顔が少し不機嫌だった。
　もしかして……。ちょっとイケメンなコーチだから、心配してるのかな？
　船に乗ると、さっきよりもスピードが速く、話す声も聞こえにくかった。

「直は、白いジャージに弱いから……」
　先生は、そう言って、ふんわり雲が浮かぶ空を見上げた。
　そうか……。コーチの服が、白いジャージに白いシャツ

だから？？
　もしかして、やきもち？？
　なんだか先生かわいい。
　正直に気持ちを表してくれるところも、すごく好き。
　そういえば、高校の化学の先生が白衣を着ていたから、先生はそれも心配してたっけ。
『直は白が好き』って先生は思ってるけど、違うんだよ。先生が着ている白いジャージが、好きなだけ。
　どんな先生も好きだけど、白いジャージを着ている先生が、一番好きだっただけ。
　他の人が同じジャージを着ていても、私はそれすら気付かないと思う。今だって、コーチが白いジャージを着ているなんて、気付かなかった。

　本当にそうなんだ。高校の時、先生の服装を毎日覚えていた。授業のない日でも、一瞬先生を見るだけで、私の脳から消えないんだ。
　眠る前に思い出す。その日の先生の服の色や素材までちゃんと覚えていたんだよ。
　始業式や終業式のスーツ姿も大好きだった。ネクタイの色、シャツの柄、全部しっかり記憶していた。
　でも、個人面談をした担任の先生のネクタイの色なんて覚えていなかった。隣の席の男の子が、どんな鞄を持ってるのかも知らないし、先生以外の男の人に私は全く関心がないんだよ。

コーチのお兄さんは、ふたりとも現地の人だった。目的地に向かう船の中で、ふたりは大事な話をしてくれた。
　それは、私の心の奥にしっかりと刻まれ、これからの人生で忘れてはならないと思う内容だった。
　ある場所で船が止まった。
「見てください。ここの場所のサンゴは死んでしまっているんです。だから海の色が違うんです」
私と先生は、色の違う海を複雑な想いで見つめた。
「自然を壊してしまっているのは、俺達なんです」
　色の黒い方のお兄さんは、そう言ってため息をついた。船が停まると、辺りは静かで波の音しか聞こえない。
　東京の高校で出会ったというふたりは、成人を機に地元へ戻ってきた。戻ってきた地元は、以前とは違っていて、ふたりはショックを受けたという。

「これ、見てください」
　背の低い色の白い方のお兄さんが、船の奥からゴミ袋のようなものを持ってきた。その中には、タバコの吸殻や空き缶、雑誌、新聞、電池や、お菓子の袋など大量のゴミが入っていた。
「沖縄が有名になることは、僕らも嬉しいんです。でも、観光客が増えることで僕らは、変わってゆく自分の島を見ることになる。それが悲しいんです」
　そのゴミは、今朝拾ったものだと聞いて、私と先生は驚きを隠せなかった。
　私達は、人生の中で数回訪れる旅行先としてこの地で数

日過ごす。でも、ここに住む人々は、今までもここで暮らし、これからもここで生きていく。一部の心無い人々の行動で、ここに住む人々が迷惑している現実を知る。

　私達の他に船に乗っていた若者も、みんな真剣な表情で聞いていた。私は昨日出逢ったツバルの少年の寂しい表情を思い出した。

　人間が地球を汚しているんだと思うと、悲しかった。

　こんなに美しい景色を永遠に残すことができないのだとしたら、それはすごく悲しいこと。

　ツバルという国がもしもなくなってしまったら……海に沈んでしまったら……。

　その島で生まれた人には、もう故郷がなくなってしまうんだ。

　胸が痛くなった。

　うつむく私の肩に優しく手を乗せた先生が言った。
「沖縄に旅行に来て、そのまま永住してしまう人もいると聞きました。でも、現実は厳しく……職も見つからず車の中で生活したりする人もいると、テレビで見たことがある」

　私もテレビで見たことがあった。好きだから、綺麗だからと勢いで引越しして、結局、苦労して生活できなくなる人がいるって。

「本当にゴミの量がすごいんです」

　ふたりの目を見ていると痛いくらいに気持ちが伝わってきて、辛かった。

この綺麗な海と景色を守るために、私達に何ができるんだろう。
　沖縄に限らず、どこの観光地でも同じような問題が起きているんだろうと先生が言った。
　みんな自分の家の前にはゴミを捨てないのに、自分に関係ない場所にはゴミを捨てるんだ。自分の自転車のかごにゴミが入れられていた時の気持ちは、入れられたことのある人にしかわからない。軽い気持ちで捨てたゴミが、人の心を傷つける。
「重い話をしましたが、気を取り直して行きましょう。少しでも今の話を広めてくれると嬉しいんですが」
　お兄さんが船の操縦席へと移動した。

　私は、この旅でいろんなことを教わった。
　自然が大好きだからこそ、その自然をいつまでも守りたい。自然を守るのも壊すのも人間なんだと感じた。
　自然に人間が勝てるわけがないんだ。自然があってこそ、私達は生きることができる。
　いつか、自然が人間達に呆れて、怒り出したら……私達は何もできない。勝てるわけがない。
　自然に生かされているということを、もう１度自分自身に言い聞かせて、これから生きていこうと思った。
　心の中で思っているだけじゃなく、友達とそんな話をしてみよう。大事な友達なら、きっとバカにしたりしないんだ。きっと、ゆかりは熱く熱く語ってくれるはず。それが友達。

先生の彼女にならなかったら、私はこんなことを考えられなかったかも知れない。
　尊敬する先生が私の彼氏だから、私は日々成長したいって思う。追いつきたいって思う。
　未来の地球を守りたいなんてことまで、思ってしまう。
　先生と私の子供が生まれたら……。その子供達、そしてそのまた子供達の時代まで、この美しい地球を守っていかなくちゃ。
　それができるのは人間なんだ。ひとりでは何もできないかも知れないけれど、何もしなければ何も変わらない。
　まずは、自分から。自然に対して、恥ずかしくない生活をしよう。

　見渡す限りエメラルドグリーンが広がる場所で、私達は海の中へ入る。
　シュノーケリング用の浮き輪をつけ、いろんな注意事項を聞きながら海にプカプカ浮いていた。
　さっきの話を聞いたせいか、この美しい緑色がとても貴重に思えた。残したい。未来に……。

「はぐれるといけないから手つなご・！」
　先生ったら、いつもとキャラ変わってて、なんだか子供みたいでかわいい。手を差し出した先生は、私の手を取り、ゆっくりと進む。

THIRD WIND

ゴーグル越しに見えた世界。それは、言葉では表現できないほどの感動だった。

「すっげーーーーー！」
　水面から顔を出した先生は、私の顔を両手で挟み、大きな声を出した。
「本当にすごいね!!　先生!!」
　私も先生の顔を両手で挟む。誰も見ていないことを確認して、私達は抱き合った。
　少し慣れた頃には、魚と一緒に泳いでいるような感覚を味わうことができた。
　手を伸ばすと魚が近寄ってきてくれることもあった。
　海の中は私の知らないものばかりで、ここで魚達は毎日暮らしてるんだ〜ってしみじみ考えた。魚には魚の世界があるんだ。
　少し深い場所に行くと、そこには見たこともないカラフルな魚がいた。岩の下に隠れたり、顔を出したりするお茶目な魚だった。
　泳ぐのに疲れると、私と先生はただ海に浮かんだ。
　先生が言う。
「直、あそこに浮かんでるゴミ、拾ってきて」
　25メートル程先に見えた空き缶を、先生が指差した。
　その時、なんだか胸がドキドキして高校2年の夏を思い出した。
　石拾いゲームで、先生と一緒にプールの底の石を拾った。水の中で先生が頭を撫でてくれたんだ。思い出がいく

ら増えても、色褪（いろあ）せることはない。
　私は、ゴミに向かって必死に足を動かした。泳ぎの苦手な私が25メートル泳げるようになったのは、先生のおかげ。それまで辛かったプールの授業も、先生が教えてくれるようになってから、楽しみで仕方がなかった。
　ゴミを拾った私は、遠くにいる先生に向かって叫ぶ。
「せんせーー！　拾ったよ！」
　先生はゴーグルを外し、まぶしそうに私を見て手を振った。
「お～！　戻ってこい！」
　私はまた必死で泳ぐ。と、言っても浮き輪付きなんだけど。
　私は、飼い主の投げたフリスビーを拾いに行く犬のよう。褒められたくて、空き缶を先生に渡す。先生は、私のおでこにキスをした。

「しょっぱいな、お前のおでこ」
　夢のような時間の終わりを告げる笛の音が、聞こえた。先生に手をひっぱってもらってるから、自分で泳がなくても目的地に到着できる。
「先生、ありがと～！」
「お前、泳ぐ気ゼロだろ？　俺の方がオヤジなんだからぁ」
　スイスイと泳ぐ先生の背中を見つめながら、私は海の美しさを胸に刻んだ。
「私も手伝う‼」
　私は、少し足を動かして先生を助けようと思ったけど、

何の役にも立たなかった。
「いいよ。足動かさなくて……。溺れてるみたいに見えるから！」
　先生は、優しく微笑みながらどんどん進む。

「さすがに今夜は、先生も疲れて、元気ないでしょ。大人しく寝るんだよ〜！」
　酔っていても、疲れていても、先生は夜になると……えへへ。
　さすがに今日は、ふたりとも筋肉痛で速攻寝ちゃうんだろうな。
「直、俺を誰だと思ってんの〜？　大人しく寝るわけないじゃん」
　振り向いた先生は、ニヤ〜っと笑った。そして、さっきよりも速いスピードで泳ぐ。
　体育の先生ってすごい……。だって、いろんなスポーツ全部できちゃうんだもん。得意な陸上だけじゃなく、サッカーだってバスケだって、なんだって先生はすごくうまい。
　見本で投げたバスケのシュートが、ネットに吸い込まれた時……。男子とサッカーしてる先生がドリブルをしてる時……。たくさんの生徒が、先生に惚れちゃったんだから。

　島に戻った私達は、違和感に気付く。

「体、重くね？」

　先生の言う通り、体が重い。
「海の中にいたからか～！」
　すぐに先生が回答をくれる。
　あまりの疲れで、私も先生も歩くのが遅かった。でも、ここではそれくらいのスピードがちょうどいい。
　のんびりと歩いた。手をつなぎ、目的地を決めずに歩いた。すると、目の前に丘が見えた。こんもりとした丘の上に、大きな木が立っていた。

「あそこで昼寝しよっか」
「膝まくらしたい……」
　私の膝の上で先生はすぐに眠った。重くなったら、俺の頭を地面に降ろして……って先生は言った。
　そんなもったいないことできるわけないよ。日に焼けた先生の顔、すごくかっこいいんだもん。相当伸びたひげは、今まで見た中で一番長い。

「かっこよすぎだよ、先生」
　私のつぶやきに、先生はビクともしない。爆睡状態の先生の顔を、パシャ！　待ち受け画面に設定。
　久しぶりに開いた携帯には、4通の未読メールがあった。
　先生と一緒にいる時って、携帯の価値が下がるんだよね。だって、先生から電話もメールもないから。先生と一緒にいない時は、何よりも大事なものなのに。いつも肌身

離さず持って、何度もメールチェックしちゃうんだ。
　お母さんからの、元気ですか？　のメール。そして、桃子からの『好きな先生との会話』報告メール。
　3通目は、ゆかりからだった。

【直と先生、そっちはエロエロですか？　ゆかりとたくや】

　この1年、私と先生は順調だったけど、ゆかりとたっくんは本当に修羅場だらけだった。
　それを乗り越えることができたふたりは、1年前よりも、ずっとずっと強い絆で結ばれている。ゆかりとたっくんの激しい愛を見ていて、私は考えさせられた。
　あんなゆかりの涙は初めてだった。

◆◆◆◆◆◆◆◆◆◆◆◆◆◆◆◆◆◆◆

　夜中の電話はゆかりからだった。
「なお……なお……助けて……」
　いつも私を支えてくれる優しい親友が、私の助けを待っている。
　最近、たっくんと喧嘩をしたり別れそうになったりを繰り返していたゆかり。今度は何があったのかと、不安になる。
　先生とのデートの途中だった。久しぶりにお泊りのお許

しが出て、先生と夜のドライブを楽しんでいる時だった。
　でもね、先生は言ってくれたんだ。携帯を握り締めながら、心配する私の耳元で……。

『行ってこいよ、直』
　こういう所がたまらなく好きだ。私の言えない気持ちを理解してくれる所。私の大事な親友を、先生も本当に大事に想ってくれている所。
「お前の大事な親友なんだから、しっかり話聞いてやれ。高校時代は、相当お前も中田に迷惑かけてたんだろうなぁ。夜中に泣きながら電話とかしてたんだろ!」
　先生は、心配で元気のない私にそう言って笑顔を向けた。
　そうだね。数え切れないくらい、私はゆかりに助けられた。不安で寂しくて、怖くて……。どうしようもない気持ちを、ゆかりはいつも聞いてくれた。今度は私がゆかりを助ける番だ。

　先生がゆかりの家まで送ってくれた。部屋にしゃがみ込んでいたゆかりの顔は真っ赤で、目はすごく腫れていた。ゆかりの口から出た言葉……。それは、現代の恋愛には、起こり得る大事件。
　多くのカップルが直面している問題。
『ケータイ見ちゃった……』
　ゆかりの涙を見ればわかる。ゆかりがどんな気持ちでたっくんの携帯を見てしまったのか。そして、今どれほど

後悔しているのか……。
「女の子と、いっぱいメールしてたんだ……」
ゆかりは、無理して少し笑ってそう言った。
ゆかりとたっくんは何度か危機があり、別れていた時期がある。その時期にたっくんは、キャバクラに行ったり、他の女の子と会ったり、少し乱れた生活をしていた。それが全て明らかになってしまった。

　他人事じゃない。全ての女の子が、犯してしまう可能性がある恋愛のご法度。
　見ちゃいけない。それは百も承知なんだ。
　でも、見てしまうことがある。それが人間の弱さ。恋の怖さ。

　失うことが怖くて、信じたいから携帯を見たんだとゆかりは言った。
　わかるよ。信じたいから見たんだよ。
　何もないって信じて、携帯を見て安心したかったんだ。でも、何もないわけがない。
　友達がひとりもいない孤独な彼氏じゃない限り、何か怪しいメールが見つかるんだ。
　メールじゃなくても、着信履歴だってそう。もし、宅配業者からの電話だったとしても、番号だけ見ると疑ってしまうよね。名前の登録していない番号を見ると……不安になっちゃうよ。

　私だって一生見ないって心に誓っていても、見てしまう

日が来ないと断言できない。
　正直、見たくなるときもあるよ。心配なこともいっぱいある。
　学校で人気な先生だから、もしかして生徒からメールが来ていたら……とかね。やっぱり心配になる。
　先生を疑っているわけじゃなく、先生に向けられるラブラブ光線が嫌なんだ。先生の元カノのことだって、気にしていないフリをしていても、やっぱり常に気になってる。
　娘さんは、ふたりの宝物だもん。同じ宝物を持つふたりは、私にはない何かで結ばれているんだなって思う。もしかして、メールしてるのかな？　とか思うときもある。
　ふたりでいる時は、先生は携帯をほぼ放置してる。車の中や、ベッドの上や……。本当にどうでもいい扱いをしてるんだ。
　その姿に安心してるはずなのに、もしかして私を安心させるための先生の心づかいなのかな？　って思っちゃうんだ。
　私の知らないところで、元カノから娘さんの写メールとか送られてきたり……してるのかな？
　していたとしても、私はそれは当然のことだって思う。当たり前だもん。
　でも、それを嫌だって思ってしまう自分が嫌だ。こんなに愛されてるのに、まだやきもちを焼いて不安になる自分の弱さが嫌だ。
　携帯を見ると、安心なんてできないんだよね。逆に疑い深くなって、全てを信じられなくなる。

どうでもいいただの友達のメールが、浮気メールに見えちゃったりするんだ。それが携帯。
　だから絶対に見ちゃいけない。
　先生のためにも、自分のためにも……。

「本音を言えば、私だって見たいよ……先生のこと全部知りたいって思っちゃう自分が、怖くなる時がある」
　私がそう言うと、ゆかりは驚いたような表情になった。
「直もそんな風に思うんだ……直は、先生を信じてるからそんな風に見えなかった。やっぱりいろんな壁を乗り越えた直と先生はすごいなっていつも思ってたんだ」
　ゆかりはそう言って、涙ぐむ私の頭をつっついた。
　強くなんてない。いくら壁を乗り越えても不安は次から次へと湧いてくる。
　先生を好きでいる限り、きっと一生やきもちも焼く。でも先生は言ってくれるんだ。
『見たけりゃ携帯なんていくらでも見ていいよ。お前が見たいって思うなら、それは俺の責任だから』
　そう言われちゃうと、見たいなんて言えない。見たくないって言えば嘘だけど、そんな先生を見てると安心しちゃうんだ。

　私とゆかりは、夜中の３時くらいまでずっと話をしていた。こんなにも深い話をしたのは、もしかしたら初めてだったのかも知れない。自分の弱さや醜さを、お互いに見せ合った。

ますますゆかりが好きになった。そして、ますます先生が好きなんだなって思えたんだ。
　それはゆかりも同じだった。いつの間にか笑顔になった私達は、手をつなぎながら眠った。

　その翌日、先生の粋(いき)な計らいによって、ゆかりとたっくんは仲直りすることができた。
　川沿いのお洒落なカフェで４人でランチを食べたっけ。

◆◆◆◆◆◆◆◆◆◆◆◆◆◆◆◆◆◆

　あの時のこと、ゆかりもたっくんも忘れていない。今でも、４人で会うと時々あの日の話が出る。頭を下げて、先生にお礼を言うたっくん。
　ふたりで会うと素直になれなかったりするけど、先生が間に入ってくれるとすごく自然に素直になれるんだよね。

　ねぇ、先生って何者？
　私は、寝息を立てる先生の頬に触れた。伸びたひげに触れながら、そっとつぶやく。
「先生は、何者ですか？」
　私の小声に、日に焼けた赤い顔の先生が、
「……ん……」
と答えた。

スーパーマン？　マジシャン？　癒しの王子様？

　私はまだまだ子供で、また昨日もやきもちを焼いてしまった。そんな弱虫な自分を責めると、先生がそういう気持ちを消してくれる。
　自分が嫌いになりそうになると、先生が助けてくれる。
　お姉ちゃんに「お前さえいなければ……」と言われたあの夜。駆けつけてくれたスーパーマンが私を救ってくれた。
　私を必要としている人が、この世にはたくさんいるんだって教えてくれた。
　両親や、友達や……先生も、そして、何より、お姉ちゃん自身が私を必要としてるんだって、先生が教えてくれた。

　4通目のメールは、専門学校の友達からだった。私が唯一メールをする男の子。
　必要な要件しかメールすることのない関係。
　だけど、もし先生が知ったら……誤解しちゃうかも知れない。携帯って恐ろしい。

【楽しんでるか～？　来週の月曜は、スニーカーで来るように。】
　要輝彦君。同じクラスで、何かと行動を共にすることの多い子。桃子や美穂、あゆみと一緒に要君も時々私達の輪の中にいる。

先生は、少しだけ気になっているようだった。
　1度だけ、珍しく学校の前に迎えに来てくれたことがあった。そのおかげで私はみんなに先生を紹介することができた。待ち受け画面や、写メを見せていて、友達も先生に会いたいと言っていたから。
　先生は、数名いた男子の中から要君にだけ声をかけた。スラっとして背が高く、さわやかな要君を見て先生は「要君」だって思ったんだ。　よく話に出るその名前を、先生は時々わざと口に出した。
『どうせ、明日も要君と実習なんだろ〜！』なんてね。
　先生を好きになってから、男の人を意識することも少なくて、実際専門学校でも誰ひとりそんな人はいない。もちろん要君のことだって、100パーセント友達と思ってる。
　でも、どうしてだろう。今来たメールの返事に困っている自分がいた。

【ありがとう！　また月曜ね。】

　それだけ返信した私。
　最近来る要君からのメールのこと、先生には言えなかった。先生が意外にやきもち焼きだってこと、私は知ってるから言えない。
　そう思うと、先生も私のように相手を思いやって、黙ってることがあるのかも知れない……なんて考えてしまうんだ。

「直……起きたぁ……」
　突然目をぱちくりと開いた先生がかわいすぎて、抱きしめた。赤ちゃんみたいに、目を開けて、私をじっと見ていた。
「起きたの？　先生……」
「うん。起きた」
　うぅ。かわいい。
　起き上がった先生が伸びをする。
「目覚めて最初に好きな人が見れるって、幸せだな」

10. 恐怖の一夜

　島の地図を広げた先生が、今いる場所を探す。随分遠くまで来たようだ。
「夕食までまだ時間あるから……今度は直が寝ていいよ。ほら……」
　強引に先生の膝に寝かされた私。
　えーーー‼
　こんな状態で眠れるわけないよ。目を開けると、先生がじっと私を見てるんだよ……。
　無理無理。絶対に無理だからぁ。

「ほら、目を閉じて……」
　先生が私のおでこから鼻にかけて、撫で始めた。
　懐かしかった。小さい頃、お母さんにこうして眠らせてもらった記憶がある。
　まさか先生の膝枕で眠ることができるなんて……、緊張していた気持ちもどこへやら……、安らかな気持ちで眠ってしまった。

　熟睡ではないせいか、先生の微妙な動きで目が覚めた。目が覚めると……。
「どした？　直……まだ寝てていいよ」
　先生は、優しく微笑むんだ。私は夢と現実の狭間で、幸

せを噛み締めながらニヤける。
「直のエッチ〜！」
　先生は、そんなことを言っていたような気がする。

　夢を見ていた。私が見る夢はいつも決まって、制服姿なんだ。場所はほとんどが学校で、私は生徒。
　先生は、教師の顔して、私は片思いしている夢が多い。　大好きな白いジャージを来た先生をただ見つめる夢とか、先生と仲良く話す女子を見て、泣いちゃう夢とか……。
　きっとおばあちゃんになっても、夢の中でだけは私は高校生なんだろうな。

　小さい頃からよく見ていた夢がある。それは、先生と出逢った高校1年の春から一度も見なくなった。怖いような不思議な夢。
　その代わりに、大好きな新垣和人先生の夢を見るようになった。
　感受性の強い子供だったからか、怖いテレビや映像を見ると夜眠れなかった。他の子が怖いと感じないような、妖怪のテレビを見てさえも私は怖くて、吐いてしまったことがある。怖いことがあった日や、お姉ちゃんと喧嘩した時や、お母さんが泣いた日、そんな夜は決まって、同じ夢を見るんだ。

　大きなローラーのようなものが回っていて、その横に小

さな椅子が置いてある。その椅子の上には、とても小さな音の鳴るオルゴールがある。そのオルゴールが登場すると、夢の中で私は思うんだ。
『来た来た……いつもの夢だ』って。
　夢の中にいるのになぜか、冷静に自分を見ていて、早く目覚めようともがいていた。
　その夢を見続けていると、そのローラーに引きずりこまれてしまうような気がしたんだ。
　そんな夢をどうして見ていたのか自分でもわからない。でも、何か私の心の中で解決できないものがあったんだと思う。
　そんな昔話をしても、先生はちゃんと聞いてくれた。そうか、そうか……って優しく。
　そして、私はまた先生を好きになるんだ。

　先生好きだよ……。夢から目覚めそうで目覚めないまどろみの中でいつもそう思う。
「直、ニヤけてたぞ……俺の夢見てただろ？」
　まだ半分夢の中の私に先生が微笑みかける。
「先生がね、廊下歩いてた。私は、先生をじっと見つめてるんだぁ……」
「お前、まだそんな夢見るの？　まぁ、俺も見るけどな」
　先生は、こっそり私と教室で話をしている夢を見るんだと話してくれた。そして、誰かが私と先生を見つけて、ふたりは隠れるんだって。
　やっぱり、私も先生もあの頃の気持ちを忘れられないん

だね。

「直……」
　先生が手をぎゅって握ってくれて、その手にキスをしてくれた。
　どんなに不安でも、こうして先生のぬくもりを感じると安心するんだ。
　先生の手は魔法の手。これから先も、私はこの手を信じて、この手に守られて生きていくんだね。何があっても、先生がいれば乗り越えられるんだ。
　本当に今、そう感じるのは……あの日があったからかも知れない。
　あの恐怖の一夜。先生がいなければ、私は何もできなかった。泣くことすらできず、ただ震えていたんだと思う。

　この沖縄への旅行を具体的に計画している頃。旅行より2ヶ月前のこと……3月になっても全く春の気配のしない寒い日が続いていた。
　ある日の夜のことだった。

◆◆◆◆◆◆◆◆◆◆◆◆◆◆◆◆◆

　夜の11時45分。

先生の入れてくれた、ホットカフェオレのいい香りが部屋中に広がる。
今日は先生の家へのお泊りの日。　お揃いで買ったマグカップを両手に持ち、向かいに座る先生を見つめた。さっき買ってきたふたりのお気に入りのＣＤを聴きながら、ゆったりとした時間を過ごす。
　最近は先生の家へのお泊りにも慣れ、夜もぐっすり眠れるようになった。でもね、ささいなことにドキドキするのは相変わらずで……。今も、熱いカフェオレを冷ます先生の、フーフーって顔にキュンとした。

「明日は部活もないし、デートでもすっかぁ？」
　お風呂のスイッチを入れに立ち上がった私は、先生の提案に飛び上がる。
「やったぁ‼　久しぶりのデートだね！」
　白いジャージを着た先生と私は、お風呂のスイッチを入れたと同時に『スイッチ』ON。お風呂のお湯が沸きあがるまでの時間、ソファに座った先生の膝の上でいちゃいちゃ……。
「直、一緒に風呂入ろうなぁ……」
　完全にエロモードになった先生が、耳元で囁く。
「うん……背中洗ってあげるね……」
　私の肩に先生が顔を乗せて、ぎゅっと抱きしめてくれる。
　こういう瞬間、たまらなく幸せだなぁって感じるんだ。
　その時、携帯電話の着信音が鳴った。さっきダウンロー

ドしたばかりの、ふたりの好きな曲。
「もしもし……」
　公衆電話からの電話。不審に思いながら、恐る恐る声を出すと、先生が心配して私の顔に耳を近づける。

「もしもし？」
　携帯電話を持つ左手の握力がなくなっていくのがわかる。
　先生が気を利かせて音楽を消してくれたので、時計の秒針の音ばかりが耳に付いた。3度目の『もしもし』に答えたのは……旅行に行ってるはずのお母さんの声。
　旅行の好きなお父さんとお母さんは、今日は家から車で3時間くらいの場所にある温泉へ旅行に行っているはず。
　朝から上機嫌だったふたりを思い出す。
　今、電話の向こうにいるお母さんは、聞いたことのないような声をしていた。
　悲しい声。不安で消えちゃいそうな声。

　遠くにいるその肩を、今すぐ飛んでいって抱きしめたいと思った。
『直……ごめんね。こんな時間に。お父さんが……』
　携帯を耳に押し付けても、お母さんの声は消えそうに小さいままだった。
『お父さんがね、おかしいのよ……』
「お母さん‼　大丈夫？　どうしたの？」
　私の様子がおかしいことに気付いた先生が、私の肩に手

を回す。
「お母さん、大丈夫だよ‼　大丈夫だからね！　お父さん、どうおかしいの？」

　本当はその場にしゃがみ込んで、泣き出したい気分だった。心配で。怖くて。先生の胸に飛び込んで泣きたかった。

　でも、自分が守らなければならない人がいる時……。自分よりも心配な人がいる時、人は驚くほど強くなれる。お母さんを落ち着かせるために、何度も『大丈夫』と言いながら、自分自身にもそう言い聞かせていた。

『何も覚えていないの……お父さん、今どうしてここにいるのかわからないの……』

　どういうこと？　記憶がなくなったってこと？　今朝まであんなに元気だったじゃない。

　なかなか起きない私のふとんを無理矢理引っ張って、私の枕を奪ったお父さん。嬉しそうに笑いながら、私と枕を奪い合ったのに……。あんなに楽しいひとときのことも忘れちゃったの？

　思い出すのはささいな出来事ばかりだった。

　洗面所で並んで歯磨きをしたことや、お風呂に入る私に話しかけるお父さんに、「あっち行ってよ！」って言ったこと。夜遅く帰る私を寝ないで待っていてくれたこと……。

　落ち着くんだ、直。隣で私の肩を抱いてくれる先生がいる。大丈夫。大丈夫。

「自分が誰かもわからないの？　体はどこもおかしくないの？　しびれたりしてない？」

　お母さんを落ち着かせるために、ゆっくりと話した。でも心臓はものすごいスピードで激しい音を立てていた。
『自分のことはわかってるの。でも、今日どうして温泉に来たのかわからないの。奈美が仕事をしていることも忘れてる。ここ何年間かの記憶がなくて……今、話したことも記憶できないみたいで、同じ質問ばかりしてくるの……』
　携帯電話から漏れる声を聞いた先生が、電話に手を伸ばす。
「お母さん、僕です。すぐに救急車を呼んでください。大丈夫だと思いますが、検査してもらった方がいいので……落ち着いてください。僕ら、今からすぐに行きます」

　電話を切った先生は、私に出かける用意をするようにと言い、私が着替えている間にパソコンで、何かを調べていた。

　お父さんが昔からお世話になっている病院へ電話をかけた先生は、症状を伝え、今すべきことを聞いていた。
　先生は、車のエンジンをかけながら、あごと肩の間に携帯電話を挟み、お母さんに電話をかけた。
「大丈夫ですか？　救急車は来ましたか？　今、お父さんの主治医の方に電話して聞きました。手がしびれたり、体に異常があれば大変ですが、今のところ大丈夫だろうとのことです。とにかく、救急車で病院へ行って、調べてもらい

ましょう」
　私は何もできなかった。
　ただ不安で押しつぶされそうな胸を、どうやって落ち着かせればいいのか考えていた。
　先生は、教師の顔をしていた。なんだか手の届かない偉い人のように見えた。
　頼りになる先生に……。
「ありがとう」しか言えなかった。

「じゃ、出発。直は夜遅いから寝てなさい」
　先生の教師口調。私の頭の上にポンっと手を乗せて、車を発進させた。やっと笑顔を見せてくれた先生は、笑顔のない私の頬に触れた。
「直、大丈夫だから」
　先生も興奮しているようで、深呼吸ばかりしていた。
　私は息をしてもしても苦しくて、心臓のドキドキが怖くなった。
　最初に止まった信号で、先生は私の手を握った。
「大丈夫か？　無理すんな。泣いていいから……」
　先生の左手に包まれたと同時に涙が溢れた。
　怖いよ。嫌だよ。お父さん大丈夫なのかな……。
　早くそばに行きたい。お母さんを、抱きしめてあげたいよ。

「手がしびれたり、ろれつが回らなくなったりしているわけじゃないから、大丈夫だ。お前のお父さんだから、大丈

夫！　信じよう！」
　泣きじゃくる私の頭を優しく撫で続けてくれた。
　時計は深夜12時半を回っていた。いつもはＦＭばかり聴いている先生なのに、今日は私達の大好きな曲のＣＤをかけてくれた。
　車の中は大好きな音楽に包まれた。

　いつの間にか眠っていた。何の夢を見ていたのかよく覚えていない。でも、お父さんが夢の中にいたことだけは確か。
「お！　起きたかぁ？　直、もう少しだからな！」
　時計を見るともう２時を回っていた。
　お父さんとお母さんは旅行が好きだ。よく行く旅行の中でも、今回は遠い場所。私達の住む街から、車で３時間程の場所にある温泉街だった。
　私が眠っている間に、先生はお母さんと連絡を取り合い、ナビに行き先の病院をセットして、そこへ向かっていた。
「ごめんね、先生……」
　その声をさえぎるように、先生の手が私の頬に触れた。
「直！　ごめん禁止令‼　俺にとってもお父さんは大事な人だから。気にするな」

　真夜中の高速道路を走る車。灯りもほとんどないくねくねした道。いつもと違う真剣な横顔。
「先生、お父さん大丈夫だよね……記憶戻るよね」

先生は何も言わず、私の手を握った。

　先生の手も少し湿っていた。先生も、同じ気持ちなんだね。
　先生も不安で、怖くて……。泣きたい気持ちなんだ。
　私はお父さんからもらった定期入れを握り締めた。
　専門学校の入学式の朝、照れ臭そうにくれたんだ。お父さんとお揃いの定期入れ。黒くて地味な定期入れは、お父さんの言う通りとても使いやすいんだ。

　苦しいよ。吸っても吸っても、酸素が足りない。
　苦しいよ。怖い。どうしよう。
　お父さんどうしちゃったの？　どうして何も覚えていないの？　脳がおかしくなったの??　もうお父さんと話せない？
　もうお父さんと、なんでもないことで笑ったりできないの？

　お父さんは何をしてもへっちゃらで、強くて大きくて、頼りになるんだよ。
　何歳になってもお父さんは私の理想の男性で、大好きなかっこいいお父さんなんだよ。
　頭が混乱してよく理解できない。どうして突然記憶がなくなるの？　ただ、お風呂に入っただけなのに……。

「先生、苦しい。……なんか苦しいよ……」

私は体の異状に気付き、先生の左腕に触れた。
「どした？　大丈夫か？」
　先生は側道に車を停めた。
「直、大丈夫か？　多分、心配で過呼吸気味になっているんだろう。俺の上着かぶってろ。その中で息してたら、すぐに楽になるから！」
　先生がいつの間にか脱いでいた白いジャージ。それを私の顔にかぶせてくれた。
　聞いたことがある。過呼吸になると、体の中の酸素が多くなり過ぎて、吸っても吸っても息苦しくなる。自分の吐いた息を吸うと、酸素の量が調節されて、楽になる……と。
　高校時代、紙袋を口に当てて呼吸をしている同級生を見たことがある。
　先生はスーパーマン。先生は何でもわかるんだね。私の事を私よりもわかってくれる。
　すぐに楽になるから……。その言葉通り、本当にすぐに楽になった。
「先生、大丈夫……楽になった」
「おお！　そうか。しばらくそのままにしてろ！」
　いつもより少し乱暴な語尾から、先生の必死さが伝わってくる。

　3時過ぎ。病院に到着した。
　さっと車から降りて、助手席から私を抱きかかえるよう

にして起こす。
「どう？　歩けるか？」
　無言の私のほおに、先生のあたたかい手が触れる。
「やっとお父さんとお母さんの顔見れるな……」
　先生は私の手をしっかりと握り、病院の入口を探す。田舎の病院なのに、とても大きくて、それもまた私を不安にさせた。
　救急用の入口の自動扉は、カタカタと音を鳴らしながら開く。
　暗い廊下に赤く光る『救急』の文字。焦る気持ちを抑え、ゆっくりと廊下を歩く。隣には愛する人がいる。だから私は、まっすぐに歩くことが出来た。

　赤茶色の古びたベンチが並ぶ。そこに座るお母さんの姿を見つけた。ぎゅっとハンカチを手に握り締める姿に、涙が溢れた。
「お母さん‼」
　かけよった私は、お母さんを抱きしめた。先生は、自動販売機で温かいお茶を買ってくれていた。

「お母さん、大丈夫ですか？　お茶どーぞ」
　優しくて穏やかな声。何も心配しなくていいんだ、先生がいれば何とかなる……そう思える声。
　お母さんの手が震えていた。ひとりで不安で……。怖くて、手の震えが止まらなかったんだ。
　温かいお茶をひと口飲んだお母さんが、今日のお父さん

の様子を詳しく話してくれた。

　私と先生は、お父さんが検査している部屋の入口を見つめながら、お母さんの話を聞いていた。
　夕方、お父さんとお母さんは、旅館で豪華な食事をした。ご機嫌なお父さんは、日本酒をたくさん飲んだ。酔っ払ったお父さんはベッドで少し横になり、その後ふたりは貸切露天風呂へ向かった。
　雪が降りそうな程寒い夜だった。
「寒い寒い」と言いながらお父さんは露天風呂へ飛び込んだ。そこで、お父さんとお母さんは、私達娘のことを話していたんだって。

　仕事が忙しく週の半分は夜勤もこなしているお姉ちゃんのことを、嬉しそうにお父さんは話した。お父さんは、星を見上げて嬉しそうに言った。
「奈美と直が宝物だなぁ……」
　そして、お父さんは言った。
「早く、直と和人君の子供が見たいなぁ」
　そのあと、温まった体で浴衣に着替え、気分よく部屋へと戻る。

　鍵を開けるまでは、普段通りのお父さんだった。部屋の鍵を開け、一歩中に入り、お父さんの様子がおかしくなったことに気付き、お母さんが声をかけた。
「あなた、どうしたの？」

お父さんは一点を見つめたまま、動かずに答えた。
「どうして、ここにいるんだろう……」
　ベッドの端に座ったお父さんは、天井を見上げた。
「何しにここへ来た？」
「ここの住所は？」
　冗談かと思う程、おかしな質問を繰り返す。お母さんは笑って答えていた。
　まさか、記憶を失っている知らずに……。頭を抱えたままのお父さんに、お母さんは聞いた。
「今、直は何してる？」
　右手でおでこを触りながら、少し困った顔をしたお父さんが答えた。

「高校生だろ？」
　お父さんのその答えに、お母さんはようやく何が起こっているのか理解した。
「奈美は？」
「奈美は相変わらずだ」
「車の色は？」
「白だよ」
　車は先月買い換えたばかりで、今は黒だった。
「ここどこ？」
　不安そうにお父さんは、また質問を繰り返す。
「何しにここへ来た？」
「温泉に入った？」
　お母さんは目の前が真っ暗になった。こんな人生が待っ

ていたとは知らなかった。私達家族に、こんな壁が待ち受けていたなんて……。

「お父さんがかわいそうで……」
　お母さんは涙ぐんで、目の前の検査室の扉を見つめた。
「今まで一生懸命働いてきて、どうしてこんな……」
　お母さんの肩を抱く自分の手も、恐怖で震えていた。
　お父さん。お父さん。
　どうしちゃったの？　何があったんだろう。頼りになって、強くて、優しいお父さん。
　今朝私と話したことも忘れてるんだ。私が専門学校に行ってることも、先生と婚約したことも……覚えていないんだ。

　その時、ガタガタと音がして看護婦さんが扉を開けた。
「CTの結果出ましたよ。ご本人さんも元気ですのでどうぞ」
　私は重い扉を開け、消毒液の匂いのするその部屋に入った。深呼吸をして、お父さんのいるベッドのカーテンを開けた。

「おお、直、どうしたんだ？」
　いつも通りのお父さんだった。
　私のこと覚えてるし、いつものように笑顔を見せた。少し顔色が悪く、疲れた表情をしているけれど、声も姿も想像していたよりもずっと元気だった。

「お父さん、大丈夫？」
　私は、お父さんの布団をお父さんの首元まで上げて、笑顔で話しかけた。
「直は、何しに来た？」
　お父さんは右手で自分のおでこを押さえて、目を閉じた。
「お父さんに会いに来たんだよ」
　ベッドの横の丸椅子に腰掛けた。
「ここどこ？　何かあった？」
　不安そうな表情で、瞬きもせずに私をじっと見ていた。お父さんなのに、お父さんではないような気がした。
「お父さん、疲れてるから眠っていいよ」
　本当は涙が今にもこぼれそうだった。ぐっと堪えて、笑顔を作る。
「なぁ、直……何しに来た？　ここどこ？」
　返事に困る私の代わりに、お母さんが言う。
「温泉に入りに来たじゃない。旅行中に具合が悪くなって、病院に来たの。心配して直と先生が来てくれたのよ」
　お父さんは、おでこに手を当てたまま、何かを思い出そうとしていた。
　そして、ちらっと先生を見た。一瞬不安がよぎった。お父さんもしかして、先生を覚えてない？

「直の高校の先生まで、来てくれたんですか？　わざわざすみません」
　体を起こしながら、お父さんは深々と頭を下げた。

こんなにしっかりと挨拶ができるのに……。覚えてないんだ。先生のこと……。

　先生とお酒を飲みながら、楽しい夜を過ごしたことも、お父さんのパジャマを貸してあげて、それを着て先生と並んで寝たことも……。忘れちゃったんだ。
　ごめんね先生。悲しい思いさせてごめん。

「大丈夫ですよ。寝ていてください。僕は外にいますので、何かあれば声かけてください」
　どうしてそんな笑顔が保てるんだろう。
　本当はすごく悲しいよね。たくさんの思い出……全部消えちゃってること。
　振り向いた私に先生は２度頷いて、笑顔で親指を立てた。静かな病室の中で自分の心臓の音だけが聞こえる。心の中がぐちゃぐちゃでモヤモヤで、どうしていいかわからない。
　お父さんは生きている。命に別状はなさそうだし、元気に話すこともできる。大きな病気でお父さんの命が危ないわけじゃないし、お父さんが苦しんでいるわけでもない。

　でも、何とも言えない不安と恐怖で……。また息苦しくなる。
「お母さんも外にいるから……」
　お母さんは私の肩に手を乗せた。親子の愛の力に期待して、ふたりきりにしてくれたの？

「お父さん、体大丈夫？　気分は？」
「元気だよ。どうしたのかなぁ……何があったんだろう。直、どうしてここにいる？」

　さっきも言ったなんて言えないよ。

　不安そうなお父さん。初めて見るこんなお父さん。

　いつもいつも頼ってばかりいた。みんないつもお父さんを頼りにしていたね。ごめんね、お父さん。

　疲れたんだね。

　必死で働いて、家でもいろんな問題があって、お父さんは疲れたんだ。やっと安心できるようになって、ホッとしちゃったんだね。

　お姉ちゃんも仕事を始め、私も専門学校に通って、仲良くなった私達姉妹を見て、お父さんはやっと、肩の荷が下りたのかも知れない。誰にも弱音を吐かず、いつも私達を支えてくれた。守ってくれた。

　お父さんとお母さんの大きな愛のおかげで、今まで幸せに生きてこられたんだね。

「お父さん、その時計、覚えてる？」

　サイドボードに置いてあった腕時計を指差した。

　それは、去年の誕生日にお姉ちゃんと先生と私で選んだプレゼントだった。すごく喜んで、毎日つけてくれてる時計。

　お父さんはその時計をじっと見つめた。

　覚えてないよね　　。ここ２、３年の記憶が抜けてしまっているんだと思う。

THIRD WIND

「これは……大事な時計だよな。みんながくれた時計……」
　涙がこぼれちゃうよ。
　お父さん……。数年の記憶が消えているのに、半年前の時計のことを覚えていた。
　それだけ、嬉しかったんだね。それだけ、大事な時計だったんだ。
　大丈夫。絶対に思い出すよ。
「直、ここどこ？　頭がふわふわしていて、よくわからない。直はどうしてここにいる？」
　記憶を失っただけじゃなく、今現在の記憶する機能も全く働かなくなっているようだ。さっき話した内容を、書き込むことができないのだろう。
「大丈夫、お父さんもう眠っていいよ」
　私はお父さんの手を握った。
　大人になってから、自分からお父さんの手を握るなんて初めてだった。
　ひんやりとした大きな手。昔いつもつないでいた手も、ずいぶんしわが増え、肉も減っていた。
　この手で頑張ってきたんだね。お父さん。
　疲れちゃったんだね。ちょっと休憩しようね。
　お姉ちゃん、これからどんな未来が待っているのかわからないけど、頑張ろうね。苦労かけた分、これからは私達ふたりで両親を支えよう。

　失った記憶の中で、お父さんは私とお姉ちゃんの愛をちゃんと覚えていてくれてるよ。だからふたりで力を合わ

せて、頑張ろう。

　介護の勉強をしている私とお姉ちゃん。それさえも、この日のために導かれたのではないかと思った。

　この困難を乗り越えるために、神様が私に『先生』をくれたんじゃないかって思った。

　世界にたったひとりしかいないお父さん。どんなことがあっても守るから。これからは、お父さんとお母さんを私達が支えていく番なんだよ。

　職場が変わったことも、車を買い換えたことも、おばあちゃんが亡くなったことも、覚えていなかった。
　でも、私達があげた時計を覚えていた。
　消えてしまった記憶がもし戻らなくても、私の心の中にはお父さんとの思い出がたくさんある。だから泣かないよ。

　辛くても。悲しくても。泣くもんか。
　私がしっかりしなきゃ。
　お父さんは同じ質問を繰り返し、そのたびに私は丁寧に答えた。見たものや、聞いたことを書き込むことができないため、数分前に聞いたことをまた聞く。
　廊下では、先生とお母さんがふたりで話をしていた。
　お父さんの不安そうな目。カーテンの山吹色。少し時刻の遅れた壁掛け時計。天井の不思議な模様。
　どれも現実ではないようだった。
　夢であればいいのにと、願った。

THIRD WIND

付き添い分のベッドがなく、今夜お父さんとお母さんが泊まるはずだった旅館へと向かう。
「明日の朝、すぐ来るからね！」
　そう言うと、お父さんはいつもの笑顔で手を振った。
　ひと晩寝て、明日元のお父さんに戻っていてくれることを願った。3人とも、星に願いながら旅館へと向かった。

　でも、『そんなはずない』『そんなの無理だ』と……。どこからか声が聞こえて、涙が止まらなかった。
　自分でもわかっていた。これはすごく恐ろしいことなんだって。
　お父さんがこのままの状態でいることが、うちの家族をどう変えてしまうのか……。
　わかっていても受け入れることが怖くて、考えることから逃げたくて、かすかな望みを信じようとしていた。
　旅館までの1時間の道のり。
　お母さんが私の頭を撫でていてくれた。
　支えなきゃいけないのに……。私がお母さんを支えなきゃいけないのに、やっぱりお母さんの優しい手に甘えてしまう。
　涙が止まらない。もっと強くならなきゃ……。
　旅館に到着すると、吐き気が止まらなかった。
　怖くて、不安で……。
　もうお父さんがいない……そんな気がして、何度も吐いた。
　食欲もない。眠くもない。朝方になって、大きなクイー

ンサイズのベッドに3人で並んで寝た。

「最初で最後ですね。この3人で同じベッドで寝るなんて」
　先生は明るい声で言った。
「そうね。本当にもうないわね」
　お母さんは私の手を握った。私が眠れなくて寝返りを打つたびに、先生が私の頭を撫でてくれた。
　左からはお母さん。右からは先生の……大きな愛を感じていた。
　もう朝なんて来てほしくない。心からそう思った。もう何もかも忘れたい。もう嫌だ……。

　お父さんのあんな姿、見ていられないよ。
　お父さん、お父さん……。
　天蓋付きのアラビアンなベッド。お父さんが気に入って選んだ、この旅館。
　朝焼けが美しくて、遠くに富士山が見えた。3人で大きな窓の前に立つ。お父さんが楽しみにしていたこの景色を、私達3人が代わりに目に焼き付けた。
　ほとんど眠っていないのにあくびも出ない。相変わらず吐き気と息苦しさが続く。
　病院へ向かう車内、なぜか3人ともテンションが高かった。
　現実逃避するように、なぜか楽しい話ばかりした。コンビニで買った3つのおにぎりは、3人とも喉を通らなかった。無理矢理流し込んだせいで、味もわからない。

病院へ到着した。
　ゆっくりと廊下を歩く。カーテンを開けるのが怖かった。お父さんはどんな気持ちでひと晩ひとりで過ごしたんだろう。
　何かがおかしいことには、気付いているはず。ここがどこなのか不安にならなかったかな……。
　入院していたのは、唯一ベッドの空いていた高齢者用の病棟だった。その部屋はトイレの匂いがした。
　たんが絡まって苦しむおじいさんや、ひとりで何かをつぶやいている人もいた。お父さんのベッドの前のカーテンに手をかけたまま、しばらく動けなかった。

　勇気が出なかった。もっと悪化していたらどうしよう。私を見て、もしも誰かわからなかったらどうしよう……怖いよ。
「直、大丈夫！」
　先生が不安な私の手を握ってくれて、私はやっと普通の呼吸ができるようになった。
　カーテンを開けた。

「おはよ！　お父さん！」
　寝ているお父さんは、照れ臭そうに少し笑った。
「おはよう。どうしたんかな？　ここ、病院だよな？」
　まだ思い出してはいないんだ。
　胸の奥にズシーンと重い物が落ちてきた。胸が痛むと共

に悲しみが広がった。
「……和人君まで来てくれたのか？」
　お父さん、今……和人君って言った？？
　表情も昨日より少し柔らかくなっていた。
「お父さん、先生のことわかるの？」
　私はお父さんの手を握り、自分の顔をお父さんに近づけた。
「何言ってるんだ？　わかるよ。わしの将来の息子」
　うつむいていたお母さんも安心して、顔を上げた。私と先生とお母さんは、顔を見合わせて、頷き合った。

　先生と私は嬉しくて手を叩いた。まだここがどこなのかどうしてこうなったのか、昨日何していたのかはわからないみたいだけど、とりあえず回復へ向かってる!!!
　だって先生のこと思い出したんだもん!!
　それからホッとした私達は、昨日とは違う穏やかな気持ちでお父さんに質問をした。

「私今、何年生？」
「何聞いてるんだ？　専門学校だろ？」
「お姉ちゃんは？」
「介護の仕事に行ってる」
「車の色は？」
「黒」
「正解!!!!」
　先生は顔をくしゃくしゃにして笑いながら、拍手をし

た。
　窓から差し込む朝の光が希望に満ち溢れていた。

　昨日はこんな「今日」が来ること、想像できなかった。自分が崩れちゃわないように「大丈夫」と言い聞かせてはいたけれど、心の奥ではだめなんじゃないかって……。少しは思ってしまっていた。もうお父さんと普通に話すことができないような気がしていた。

　検査が始まり、私と先生は病院の周りを散歩した。空の青さが、私達の心の中のようだった。
「俺……昨日な、お父さんが俺のことを一生忘れていても、それでも俺はお父さんの面倒を看ようと思ったんだ」
　先生は、空を見つめたまま静かに話し始めた。
「お父さんが覚えていなくても、俺が覚えてる。お父さんにしてもらったことや、お父さんと過ごした楽しい時間……俺の中にしっかりと残ってる。だから、俺を思い出せなくても、俺のお父さんなんだと思った」
　私は、逆光でよく見えない先生の横顔を見つめた。すごく嬉しい言葉をくれた。

　先生の愛は大きい。
「先生……ありがとう」
「自分でもすっげー嬉しくて……そう思えたことが……さ」
　先生は少し照れ臭そうに髪をかきあげて、鼻先を触っ

た。
「本当の意味で家族になれたって感じたんだ。それに、直がもっと好きになった。お母さんを支えようと必死で頑張る姿を見て、俺……感動しちゃった。今まで見たことのない直を見ることができた」
　先生は、ぐーっと伸びをして、その手を空に向かって高く上げた。
「先生、本当にありがとう。大好き……です」
　まだつぼみもついていない桜の木の下で、先生の背中に抱きついた。大きな背中は温かかった。
「俺、何があってもお前を守るよ……」
「私も、先生がいればどんなことでも乗り越えられるって思ったよ」
　先生の温かい手に包まれた私の手は、もう震えてはいなかった。
「安心したから腹減ったな!」
　売店でおにぎりを買って、長い椅子に座って食べた。
　大げさだけど、本当に美味しかった。今日の朝、無理して食べたおにぎりとは比べ物にならないくらい美味しかったんだ。

　待合室でくつろいでいると、点滴のチューブをひきずりながら、お父さんが近づいてきた。隣にいるお母さんは、もう笑顔だった。
「何も異常なかったよ!　いやぁ……昨日のことは忘れてくれ!!」

私と先生は顔を見合わせて笑った。
　お母さんが「バカ！」と言いながら、お父さんの背中をコツンとした。
　お父さんは冗談を言えるくらい回復した。お父さんはいつものお父さんに戻っていた。とても長い長い恐怖の一夜が終わった。

　お父さんの病名は「一過性全健忘」というものだった。先生も私もお母さんも、もちろんお父さんも初めて耳にする病名。
　原因はまだわかっていないらしいんだけど、突然記憶を失い、発症している時間は、新たに記憶を書き込むことができない、という不思議な病気。
　24時間以内に記憶は戻り、何事もなかったかのように普通に生活を送ることができる。再発率も低く、経過は良好だと聞いて安心した。
　お父さんの場合、2、3年の記憶を失っていた。数日前からの記憶がなくなる人もいれば、お父さんのように年単位で失う人もいる。
　その記憶は24時間以内に戻るが、その24時間に起こった出来事は記憶として残すことができないため、永久に失ったままだそうだ。
　お父さんは笑う。
「せっかく直と和人君がわしのためにかけつけてくれたのに、その場面を覚えてないんだよ」
「私、お父さんの手握ったんだよ‼」

「本当か？　もったいないことをしたなぁ。覚えてないからもう１回握ってくれよ！」

　無事に家に到着し、ホッと一息。冗談を言いながらの穏やかな夕食。その場にいなかった、お姉ちゃんへの報告会。

　１泊入院だけで済んだお父さんは、すっかりいつもの元気を取り戻していた。

　でも、私達の心の中から消えることのないあの恐怖……目を閉じると、よみがえる。

　お父さんの不安そうな表情。不気味な色のカーテンと、遅れた壁掛け時計……。

「本当によかった……」

　お母さんは目を潤ませた。

「何があっても、私と直でふたりを支えるから！」

　お姉ちゃんの言葉に、そこにいるみんなの目頭が熱くなる。

　はっきりした原因はわからないが、大量の飲酒と突然寒いところから熱いお風呂に入ったことが関係しているかも知れない、とお医者さんは言っていた。

　いろんな要因はあるんだろうけど……。私は思うんだ。『お父さんのひと休み』だったんじゃないか……って。

　幼い頃から私とお姉ちゃんの不仲を心配し、お姉ちゃんが荒れてからはお母さんと一緒によく学校へも出向いていた。そして、おばあちゃんの死もあった。

　私は私で……高校の先生と恋なんてしちゃって……。

本当はすごく心配だったんだと思う。今回、本当に怖くて辛かったけど、これは神様からのメッセージかも知れないね。
　もう両親は若くない。子供である私達が、しっかりと両親を支えていく番なんだ。
　改めて、お父さんの優しさや大好きなところを思い出して、大事にしようって思えた。
　今までの楽しかった思い出を、一晩でたくさんたくさん思い出したよ。

　この一件で、我が家の絆はもっともっと深まった。そして、先生の存在の大きさを感じた。
　真っ暗闇にいても先生の大きな手があれば、私は道を見つけられる。
　先生、本当にありがとう。そして、お父さんの記憶が戻らなくても一生面倒を見ると思ってくれたこと……。すごく嬉しかったよ。
　ありがとう。

◆◆◆◆◆◆◆◆◆◆◆◆◆◆◆◆◆◆

「先生、私も先生のお父さんとお母さんを大事にしたい」
　深緑の葉におおわれた大きな木の下で、キスをした。
「俺も」

一度だけ会ったことのある先生のご両親。とても穏やかで、優しい笑顔が印象的だった。
　先生がどっちに似たのかわからないけど、ふたりとも整った顔立ちをしていた。お父さんはダンディな雰囲気で、声が先生に似ていたっけ。
　照れ屋な先生は、
「結婚が具体的に決まったら、また連れてくるから」
　と言い、1時間くらいで実家を出た。
　玄関で、先生のお母さんが言ってくれたんだ。
「和人をよろしくね。また直ちゃんに会えるのを楽しみにしてるね」
　滅多に実家に帰らない先生だけど、ちゃんと心がつながってる家族なんだって感じたんだ。

　私は大きな木を見上げて、その中から聞こえる鳥の声に耳を澄ませた。
　ピピピピピ……。
　ピョピョピョ……。
「先生の弟さんにも会いたいな」
　そう。先生には弟がいたんだ。
　なぜかそれまで兄弟の話が出なくて、先生に弟がいることを知ったのは卒業してからだった。間違いなく、イケメンだよね。

「弟は俺に似てね〜ぞ!」

私の心の中を見破った先生が、ニヤッと笑う。
「弟は、どちらかと言うと……かわいい系の顔かなぁ」
　またまた想像がふくらんだ。美男兄弟で、地元では有名だったんだろうなぁ……なんて。私と先生は地図を広げながら、ゆっくりと宿に戻る道を歩いた。

11. 満天星

　夕食を済ませると、また昨日の場所へ向かった。今日は昨日よりも賑やかで、子供の声が響いていた。
　先生がポケットから出した小さな紙袋。さっき買ったお揃いのブレスレット。
「腕、貸して」
　先生は私の左手を握り、そのまま先生の右の膝の上に乗せた。慣れない手つきで、ブレスレットを私に付けようとしてくれる先生。
「難しいんだなぁ……お前ネックレスとかいつもひとりでつけてるけど、すっげー器用じゃん」
　思わぬところで感心されちゃった私は、笑い出す。
「そんなことないよ‼　慣れたら簡単だよ。だって、ブラジャーとかも最初は難しかったもん」
「そっか。女の子はブラも自分でつけなきゃいけないんだな。あ、でもお前ひとつだけ前にホックのあるブラ持ってるだろ～！　俺、知ってるんだからなぁ！」
　不器用な先生の手によってつけられたブレスレットは、夕日を浴びてキラキラと輝いていた。

「俺は、旅行中限定だからな！」
　照れ臭そうな先生の腕にも、ブレスレットが輝く。
「でもさ……直のお父さんが、時計のこと覚えてたのは奇

跡だな！　それだけ娘を愛してるんだな……」

　お父さんは結局、温泉を出て部屋に戻ってからの記憶は戻らないままだった。
　ひとりきりのベッドの上で、いろんなことを考えていたんだろうな。だんだん戻ってくる記憶と向き合ったお父さん……。
「わしが一番気楽だなぁ！　記憶ないから辛くなかったし！」
　お父さんはそう言って、今では笑い話になっていた。
　よかった。本当によかった。
　あの夜。お母さんと先生と並んで寝た夜、私は夜が明けなければいいとさえ思った。現実と向き合うことが恐ろしくて、逃げ出したかった。でも、寝返りを打つたびに、両隣にいる大好きな人が私を心配してくれた。
　本当に怖かったね。お母さん……。先生……。
　でも、またお父さんと笑い合えることができて今は本当に幸せなんだ。

　今日の夕日は、昨日の夕日とはまた違っていた。
　風が強くなってきたせいか、雲が夕日の前を何度も通り過ぎる。でも、その雲がちっとも邪魔じゃなく、とても夕日とマッチしていた。
「この夕日とも今日が最後か……」
　つぶやいた先生が、私の肩に頭を乗せた。
　時々甘える先生が、大好きだよ。
「最高の思い出だね……」

先生は鼻をすすり、泣き真似をする。私は先生の髪に触れ、そのまま先生の肩を抱く。
　ぶらんぶらんと下ろした足に、海の水がかかる。

　私達が座っている近くで、小さい子供が、ビーチサンダルを海に落として泣いていた。お父さんらしき人が必死に足を伸ばし、ビーチサンダルを拾おうとしていた。波に乗ってどんどん遠ざかるサンダルを見て、もうあきらめかけていた。
「俺の出番かぁ!?」
　さっきまで私に甘えていた先生が、そこでさっと立ち上がった。

「それ、貸してくれる？」
　先生は、その子供が手に持っていた、虫取り網を指差した。もうお父さんは疲れた顔をして、寝そべっていた。
　私は、ビデオを持ってくればよかったと後悔した。
　先生は、まるで海の男のように……。堤防に片足を引っかけて、もう片足は水に浸かりそうになりながら、手を伸ばす。
　虫取り網の棒の先が、ビーチサンダルに届くか届かないか……というところで子供が大声で応援し始めた。
　それを見て、周りにいた大勢の人が、先生とビーチサンダルを見つめていた。
「お兄ちゃん頑張って!!」
　子供の声に、先生は『おう！　任せとけ！』と答えた。

やばいって！　先生、超かっこいいよ……。
　先生の片足はもう水の中だった。きっとそこは、とても深い海。先生が一瞬でも錆びた堤防の手すりを離したら、落ちちゃうのに……。先生はちっとも怖くなさそうに、笑ってる。
「お!!　取れたぞ〜！」
　虫取り網に引っかかった緑色のビーチサンダルは、無事に持ち主の男の子の元へ戻った。深々と頭を下げるご両親に、先生は笑顔で「たいしたことないですよ」と笑った。
　なんだか……、嬉しくて涙が出た。こんなかっこよくて強い、スーパーマンのような人が彼氏なんだ。
　羨ましそうに私を見る人々の視線を感じながら、照れ臭いような、自慢したいような気分だった。

「さすが先生！」
　私が濡れた先生の足を、タオルで拭く。
「直がどんな遠くに行っても、俺は捕まえるからなぁ！」
「遠くになんか行かないよ」
　今度は私が先生の肩に頭を乗せた。
　先生の右手が私の肩を抱き寄せてくれる。無意識に合わせる呼吸。いつからだろう。先生の呼吸に自分の呼吸を合わせるのがクセになっていた。
　初めて一緒に眠った夜に、先生と同じ速度で息を吸い、息を吐いた。
　人の呼吸を意識したのは初めてだった。ひとつになった気がして嬉しかったんだ。

群青色に染まった空に一番星が輝く。つい1分ほど前まであんなに明るかった水平線。あんなに存在感を主張していた水平線が、海へと吸い込まれる。
　さっき、ビーチサンダルを拾った男の子が、お父さんに手を引かれ、私達の方へ来た。

「さっきはありがとうございました。このサンダル、旅行のおみやげにって今日買ったばかりだったんです。本当にありがとうございました」
　先生と私も立ち上がり、ペコペコと頭を下げた。先生はしゃがんで、男の子の頭を撫でた。そして、手をつないで砂浜まで歩いた。
　男の子は大きな声で「バイバイ」と言いながら手を振った。手を振る男の子を見ながら、小さな声で先生がつぶやく。
「男の子もいいなぁ……」
　何気なく言った言葉に私の胸が少しだけ痛む。
　嬉しさと寂しさ半分。複雑な気持ちで先生の横顔を見つめた。
　男の子が欲しいと思ってるのは、私の方なんだ。先生に娘さんがいると知ってから、私は男の子を産みたいと思うようになっていた。男の子を産めば、その子は先生にとって「初めての息子」になるから……。
　バカだよね。男の子でも女の子でも、先生にとって大切な子供であることに変わりはないのに。
　私と先生の子供が、この世に初めて誕生するんだから、

それだけですごいことなんだ。
　でも、やっぱり……先生にとって最初の子供である娘さんには勝てないような気がしていた。
　勝ち負けじゃないのに。
　先生はどちらも大事にしてくれて、どちらも愛してくれるに決まってるのに……。

　気にしていないフリをしていても、私の心の奥底にはやっぱりずっしりとした不安が積み重なっているのかも知れない。
私と先生は、男の子が見えなくなるまで手を振って、桟橋へ戻る。
　コンクリートが濡れているので、座っていた場所がすぐにわかった。先生が海につけた足を置いていた場所。

「うわぁ！　ものすごい数の星‼」
「すごーーい‼」
　星の数にも驚いたけど、見上げた夜空は180度の大パノラマの世界。星を隠す障害物が何もない。
　ごろんと横になって、ふたりで空を見ていた。吸い込まれそうな星空だった。見えるのは月と星だけ。
　私と先生、ふたりしかいないように感じる。ふたりは空に浮いていて、夜空の散歩を楽しんでいるようだった。

「うぉぉぉ‼　流れ星‼」
　先生の声と同時に、私も流れ星を見つけた。

「願い事できなかったぁ……」
　少しがっかりする私の手を、先生が握る。
　でも、そんな落胆はここでは必要なかった。次から次へと流れ星が私達に降り注ぐ。
「何万年も前に消えた星が、今も俺達には見えるって不思議だよな」
「宇宙って広いね。想像できないくらいに大きいんだね」
「そうだな……俺の愛くらいかな」
　先生は握った手を自分の胸に乗せた。
　理科の授業は苦手だったけど、今なら好きになれそうだって思う。
　次の流れ星で一緒に願い事をしようと決めて、流れ星を待った。
　私の願い……。たくさんあるけど、ひとつに絞るなら、やっぱりこれしかない。
『先生とずっと一緒にいられますように』
「どーせ、お前いっぱいありすぎて一個に絞れないんだろ！
　流れ星いっぱいだから、今夜は全部願っていいぞ！」
　先生は夜空を見つめながら言う。
　何でもわかるスーパーマン。世界にたったひとりの、私のスーパーマン。

「願い事いっぱいしちゃったら、願いが叶わないかも知れないよ」
　私は、先生の視線の先にある星を見つめながら言った。
「あははははは。大丈夫！　お前の一番の願いは俺が願うか

ら叶うよ。俺の願いとお前の願い、同じだろ？」
　ウルウル……やばい。涙で星がぼやけるよ……。
　先生、大好きだよ。
　今夜見た流れ星の中で一番ゆっくりと、長い時間をかけて流れる星……。

　私は願う。たくさんの願い……。目を開けると先生が私の頬にキスをした。
「直、お前の願いは、俺が叶えてやるから……」
　起き上がった私は、体育座りをして星を眺めた。寝ていると涙の味がしちゃうから。
　先生が私を後ろから抱きしめた。
　いつもと違う感じがした。高校2年の時、初めて先生に抱きしめられた日を思い出した。
　あの時と同じような緊張。先生の鼓動が聞こえる。

「直……俺の隣で一生笑っていてくれる？　結婚……しよっか」
　結婚しよっか……？　先生、プロポーズ……してくれたの？　今度は本当に本当に、結婚へ動き出すプロポーズなんだね。
「直？　聞こえた？　返事は？」
　先生は甘えたような声で、私をもう一度抱きしめた。
　両足を開いた先生の間にすっぽりと収まる私の体。
「もう1回言って……」
　私が少し首を右に回して言った。先生は私の右の耳に唇

を近づけて……。
「直、結婚しよ」
「お願いします……」
　震える声で『お願いします』と言った私は、それからしばらく先生の顔を見ることができないくらいに、赤面していた。
　卒業式のプロポーズとはまた違った恥ずかしさと嬉しさがあって涙が出るのに、ニヤニヤして、先生が私を呼ぶたびに恥ずかしくて顔をそむけた。

「直‼　直、どした⁇」
　からかって私を呼ぶ先生。
「やだやだ‼　もう……こっち見ないで!」
「直……」
　逃げる私をぎゅっと捕まえた先生。
　やっと顔を見ることができた。その表情はさっきまでの顔と違い、とても真剣だった。
　そして、何も言わずに……じっとただ目を見つめて、熱いキスをした。
　立っていられないほどの幸せ……私はこの瞬間を忘れないように、必死で目を開けて先生の顔と星を目に焼き付けた。

FOURTH WIND

12. 星の下でのプロポーズ【先生】

　言った。言ったぞーーーー!!
　新垣和人、遂にプロポーズしちゃいました。しかも同じ相手に２度目のプロポーズ!
　何度も頭の中で予行演習していた……。なんて直は知らないと思うけど。

　この美しい星空の下で言いたかった。
　永遠なんだ。俺の気持ち。俺の愛は……。
　それを伝えることは難しい。だから、ゆっくりと時間をかけて、伝えながら生きていこう。

　一緒に生きていこうな、直。

　本当は直が社会人になるまで、結婚は待つつもりでいた。それはやっぱり『直の担任』として。
　でも、直がそれを求めていないとしたら……。

　直は、あの時も言った。
　高校生だった頃。俺が卒業まで待つと言った時……。
『今、一緒にいたい』って。
　直は、今もそう思ってくれているような気がした。早いんじゃないかとか、もっといろんな経験をした方が……と

か教師の俺が余計なことばっか俺に言う。
　でも、結局一緒にいたいんだからしょうがない。それを、直も直のご両親も望んでくれていた。

　うぉぉぉぉ‼　俺の人生、これからもっともっと輝くんだな。
　奥さんに……なる??　直が??　やっべぇ‼　エプロン姿の直なんて見ちゃったら、朝から抱きしめちゃうぞ、俺。学校に遅刻しちゃうかも知れないぞ……。

　直は、俺のプロポーズに照れて、そこら辺を走り回ってる。
　かわいい。照れて真っ赤になって、ひとりで何かを言いながら走ってる。おもしろい……俺はそんな直を追いかけて遊ぶ。
「直……今日からお前は俺の嫁〜!」
『嫁』って響きに興奮したのか、直はもっとすごい勢いで走り回る。

「直……」
　やっと捕まえたぁ。
　はぁはぁと息をする直に、俺の愛を込めて……。俺の決意と俺の愛を伝えるため、キスをした。
　いっぱいいっぱいキスをした。
　これからも、いっぱいいっぱいしような。

ずっと一緒にいような、直。
　俺が星に願ったこと……。
『ずっと直と一緒にいられますように……』
　ふたりきりになったこの場所は、俺と直だけのもの。
　クサくて言えないけど、この星を全部お前にやる……なんてセリフも、今なら言えそうな気がしてくる。
　寝転んだり、座ったり。俺と直は満天の星空を満喫していた。
　今の俺と直って、まじで最高にうまくいってるよな。
　陸上部の生徒のことで直を泣かせたりしたこともあったけど、今は高校でも俺に彼女がいるってことは結構知れ渡っていて、本気で俺を好きになる生徒なんていないだろう。

　直は言うけどな……。
『彼女がいたからって、好きな気持ちは変わらないんだよ！』
　直が当時思っていたことだから、説得力があるんだよな。
　俺がしっかりしていれば大丈夫。直を不安にさせたくない。俺達はこれから、結婚に向かって歩き出す。

　結婚式場とか見に行っちゃうの？？　ドレスの試着とかして？？　その試着室で、こっそりキスなんかしちゃったり……!!!
　うっわぁ、楽しみ。

そんな妄想をしていると、流れ星を見つけた直が、俺の腕を引っ張った。
「先生は、もう願い事ないの？」
「あぁ、俺の代わりにお前がいっぱい願ってて」
　俺は、雅子さんの一件で、自分の気持ちを引き締め直すことができた。
　実は、余計な心配をさせたくなくて、黙っていることがあった。たいしたことではないけれど、きっと直にとっては眠れないくらい心配なんだと思う。

　今年の４月から転勤してきた、同僚の先生のこと。担当教科は国語で、俺より少し若い女性。
　昨日、雅子さんの目を見て、その先生と少し似ていると感じた。
　時々俺に向けられる視線が少しだけ……怖かった。
　ほとんど体育教官室にいる俺にはあまり関係ないけど、職員室の机が、俺の斜め前の席だった。
　何もないことを祈る。
　俺は大声で彼女である直の話をしたり、その先生の歓迎会も、途中で抜けて帰ったりした。
　直が言ってた。壁を作ってほしいって。
　なかなかそういうのが苦手でうまくできないけど、俺なりに何とか努力しているつもり。
　俺は直だけいればいい。直にだけ愛されていれば、それ

でいいから。

　やきもちを焼く気持ちが俺にもわかるから、俺は、その先生の話題を出さないようにしていた。話すほどの出来事があるわけでもないし、俺の自意識過剰かも知れない。

　俺がそう思うように……直にも俺に話せないことがあるのかも知れない。俺を気遣って言えないこと。そんなのがあるとしたら……なんかやだ。

　ってことは、俺も正直に何でも直に話すべきなのか。

　俺も少しだけ気になっていることがあった。それも本当に小さなことで。本当にただのやきもちなんだけど……。

　その、俺が唯一気になっていることと言えば……。

『要君』の存在。

　直が通う専門学校の同じクラスの男子。

　班が同じで、介護施設への実習はいつも一緒だった。直の口からよく名前が出る男は、要君だけだった。

　俺、気になって一度だけ直を迎えに行ったことがある。たまたま通りかかっただけと言いつつ、本当は『俺が直の彼氏だ！』ってアピールしたかっただけ。

　俺ってちっちぇえ……。

◆◆◆◆◆◆◆◆◆◆◆◆◆◆◆◆◆

　ホテルかと思うくらいの立派な建物に、大きな校門。お洒落な若者が行き来する様子を見ていると、高校生との違

いに気付く。
　どこが違うのかわからないけれど、俺の生徒達とは違う雰囲気だった。夢に向かっているせいか、みんな目が輝いていた。
　俺の生徒も時々、すっげーいい顔をするんだけど、だるそうな顔をしている時も多い。早くみんなに夢が見つかればいいな。

　赤い車に気付いた直がかけよってきた。
　門の前に10人くらい、直の友達が立っていて、みんなが覗くように俺の顔を見ていた。
　男子が3人いたが、俺は一瞬で『要君』がわかった。ひとりだけ目立ってかっこいい子がいた。身長は俺より少し低いくらいで、髪は茶色くパーマがかかっていた。
　Ｇパンに白のジャケットを着ていた。
　……白??
　だめだめ!!　直は白い服に弱いんだから!!
　要君、さすがに直をよくわかってる。って感心してる場合じゃねぇ。

「近くに来たから待ってた。一緒に帰る？」
　直は、寒さで頬を赤らめながら頷いた。
「紹介してもいい？」
　嬉しそうに、友達の方を見た直は、手招きして友達を呼んだ。
　俺の勘通り。

「要輝彦です。直っぺとは同じクラスです」
　礼儀正しい好青年。直は直っぺと呼ばれていた。なかなかの男前。
　――俺のライバル……。
　勝手に俺の脳はそう判断した。

「直、要君かっこいいなぁ」
　運転をしながら、バックミラーに映る彼を見た。
「そう？　クラスでは結構人気あるけどね。優しいけど、案外どんくさいんだよ」
　どんくさいのか……。そういう意外な一面が、また女心をくすぐるんだよな。
「彼女いんの？　要君って」
　俺、嫉妬心バレバレじゃん……。
「もしかして、先生、やきもち焼いてくれてるの？　かわいい‼」
　左折しようと顔を左に向けると、直が俺の頭を撫でた。
「ば～か‼　違うって！」

　直が言うには、要君は長年付き合っている彼女がいるらしい。年上のとても綺麗な彼女で、何度か一緒に帰るために校門で待っていたのを見たことがあると。
　年上好きかぁ……。安心してる自分が恥ずかしい。

「安心した？」
　直は、俺の頭をなでなでしながら、嬉しそうに笑った。

「ん？　……あぁ、まぁな」
「先生も、やきもち焼くんだね。人間なんだね、先生も!!
　嬉しい!」
　って……どういう意味？　俺は人間じゃないと思ってたのかよ〜!
　あ、そっか。俺は直のスーパーマンだっけ。
　そうだよ。スーパーマンでも、嫉妬はするんだ。好きな女が仲良くしている男友達のことは、やっぱり気になる。
　俺の知らない学校での直を、要君は知っているんだと思うと、それも少し悔しい。

◆◆◆◆◆◆◆◆◆◆◆◆◆◆◆◆◆◆

「直、要君におみやげ買うの？」
　時々、こんな風に直をいじめてしまう。直は、俺の背中をバシっと叩いて、ぷ〜っとふくれる。

「先生のバカ!!」
　叩かれた手をそのままつかんで、手をつないだ。
　俺と直は、飽きるまでずっと星空を眺めていた。
　この場所が俺と直にとって、忘れられない場所になる。次にこの場所に来る時は、もう……。俺と直は、夫婦??
『夫婦』って照れ臭い。
　夜が更けるにつれて、どんどん星の数が増えた。

星をじっと見つめすぎたせいで、目を閉じても星が瞬いていた。

　宿に戻った俺と直は、さっとシャワーを浴びて、ふとんに転がった。
「疲れたぁ……やっぱ、海に入ると疲れんな」
　俺と直はふとんに寝転んで、今日１日の思い出を振り返る。
　直と一緒に見たたくさんの魚達。魚に触れたときのあの気持ち、直と一緒に味わえてよかった。

　直の膝で眠った昼寝。実は直の夢を見ていた。
　星の下でのプロポーズ……。何もかもが忘れられない思い出だった。
「今日はさすがに大人しく寝ます。おやすみ、直」
「おやすみ、先生！」
　チュッとおやすみのキスをして、直は電気を消した。
　１、２、３、４、５、６、７、８……あぁぁぁあっあぁぁつぁ。

　限界！　無理。疲れてても……我慢できねーーー！
　俺は、今にも寝息を立てそうな直のふとんに手を伸ばす。

「直、ちょっとだけくっついて寝ない？」
「ん……うん。くっつくぅ〜！」
　俺の腹にぎゅっとくっつく直……。

「直、俺の腹筋触ってみて」
「ここ？」
　力を入れた俺の腹筋に触れた直は、嬉しそうに笑う。
「そこ、俺のスイッチ〜‼」
　俺は、眠そうな直を自分の体の上に乗せた。
「直が俺のスイッチ押したんだからなぁ……キスして、直」
　直は、自分の髪を左手で持ちながら、俺にそっとキスをした。
　火照った体の俺達は、日焼けで痛い体を癒し合う。
　最後の夜。
　目を閉じると、そこには満天の星がまだくっきりと残っていた。星の下で、俺は直に永遠の愛を誓う。

「直、今日のこと忘れんなぁ……」
「忘れない。プロポーズしてくれた場所、また……来たい」
　ふたりとも疲れも忘れて、愛し合う。
　俺、最高に幸せです。俺、絶対に直を幸せにしたい。直が、毎日笑っていられるように……。
　直が、生まれ変わっても俺を選んでくれるように、俺が直を守り続けるよ。

　昨夜は熱い夜だった……。眠そうな顔で朝食のゆで卵を頬張る直。
　朝食の前に、庭のベンチで尾崎さんに会った。

直がシャワーを浴びている間、彼と最後の挨拶をした。
　尾崎さんは今日から別の島へ行く。よくよく話を聞くと、結婚を控えているらしい。と、いうか、プロポーズ待ち状態の彼女を待たせてまで、ひとり旅をしている。
　どうして？　って聞くと彼は笑った。
　浮気したくないから……と答えた。彼女を一生愛すために、今やりたいことや興味のあることを、全部やってしまいたいんだと言った。
　もちろん、浮気をしに旅行をしているわけじゃない。家庭に入って、縛られた生活になったとしても後悔しないように……。心から独身時代に満足してから、結婚したいんだ……と鼻をすすりながら言った。
　俺よりも人生経験の豊富そうな尾崎さん。軽やかな足取りで宿をあとにした。

　尾崎さんの後ろ姿を眺めながら、俺は深呼吸をした。
「俺も……負けないように頑張らなきゃ」
　尾崎さんは携帯灰皿にこまめにタバコの灰を落としながら、じゃり道を歩いて行った。
　彼女を本気で幸せにしたいからこそ、満足行く独身時代を送りたいんだ……と。彼女を泣かせたくないんだ……と。尾崎さんが宴会の席で話していたことを思い出す。
　自分の弱さを知っているからこそ、その弱さを克服しようと努力しているように見えた。
　俺、浮気とか、考えらんねぇ……。マジで。
　こんな気持ちにさせてくれた直に感謝……だな。

帰り支度を終えた直が、ピンクのTシャツに半ズボン姿で、部屋をほうきで掃いていた。
「先生！　砂だらけだよ〜！」
　畳の上の砂を集めながら、直は名残惜しそうに部屋を見渡した。
「次も、この部屋な！」
　宿を出なきゃいけない時間が迫っていた。
　俺も直も、この部屋、この庭……そして、この島から出たくなかった。初めて訪れたはずなのに昔から何度も来ているように錯覚してしまう。
　俺はビーチサンダルの砂を払い、干していたタオルを取り込んだ。あと少しで終わる。直と俺の最初の旅が……。

　宿のおじいさんとバイトの女の子に、さよならの挨拶をした。旅ノートには、昨夜書いたメッセージが残されている。星空を見ながら、宿のベンチで書いた。

『次は夫婦になって来ます。和人』
『先生大好き！　直』
　直の旅ノート、全然旅と関係ねぇじゃん!!　と、突っ込みながらも、相変わらず俺への愛をストレートに表現してくれる直に感激してたんだ。
　何度言われたって、嬉しいから。大好きって言葉は。
　重い荷物は、行きよりも重くなっていた。
　それは、おみやげだけじゃなく、この旅の思い出が山ほ

ど詰まっているから。

　港まで歩きながら、俺は真っ青な空に叫ぶ。
「また来るぞーーー!!」

13. ふたりの「初めて」

　先生と過ごした部屋は、特別な部屋。先生は、次もこの部屋にしようと言ってくれた。
　私にとって、最初の婚前旅行？

　昨夜のプロポーズを、眠る前に何度も何度も思い出した。絶対にいつまでも鮮明に覚えていたいから。
　元気な先生と、夜中のエッチをしたあと、先生の寝顔を見ながら……思い出してたんだ。
　最初のプロポーズのこと。
　そして……２度目のプロポーズのこと。
　私は、今も高校時代と変わらず先生が好き。落ち着いた『好き』になるには、まだまだ時間がかかるみたい。
　今でも、キャーキャーと高校の頃のように、先生にときめいちゃう。

　先生の写真、いっぱい撮ったなぁ。帰って、この写真で先生の写真集を作るんだ。
　変態って言われてもいいもん。協力してくれる友達がいるから、きっと素敵な写真集になるよ。
　私のバカがつくほどの真っすぐな愛を、先生はいつも真剣に受け止めてくれる。
　だから、私はいつまでもいつまでも、このまま変わらな

い自分でいられるんだ。
　名残惜しい気持ちで宿の人達に手を振った。
　さよなら、思い出いっぱいのこの宿。屋根の上のシーサーに、また来るよって心の中で呟いた。

　重い荷物を軽々と持ってくれた先生は、二の腕の筋肉で私をときめかせながら、空に叫んだ。
　——また来るぞって。

　目に浮かぶんだ。この青い空と、空に向かって伸びる緑の中を走る先生と……子供の姿。
　先生は子供のようにはしゃぎながら、追いかけっこをするんだ。
『直〜！　直も早く来いよ〜！』なんて私を呼ぶんだ。私は相変わらず、『先生、待ってよ〜！』と言いながら、子供と先生を追いかける。

　そんな日が来るかな。それまで待っていてね。変わらないで待っていて。
　この青い空と海、優しい笑顔……。

　この美しさを永遠に守り続けていくことができるかどうか……それは人間次第。何ができるかわからないけれど、未来の子供達のため、今できることをしよう。
　私は道端に落ちていた吸殻を拾った。

先生、いろんなことを教えてくれてありがとう。ずっとずっとその背中についていくからね。

　フェリーに乗り込むと、寂しさが込み上げてきた。
島の人々が港から手を振ってくれた。どんどん遠ざかる島に、涙が溢れる。
　ありがとう。たくさんの思い出をありがとう。
　フェリーの中で眠ってしまった先生の手を、そっと握る。
　慣れないブレスレットをつけてくれた先生。
　パシャ……その手を写真に残す。
　窓に水しぶきがかかる。

　先生との『初旅行』が終わろうとしていた。
『初めて』のことが、これからどんどん増えて行く。そして、だんだん『初めて』が減っていく。
　でも、ずっと新鮮な気持ちで先生に恋していたい。
　次はどんな、『初めて』が待っているんだろう。
　この旅行の1ヶ月前、私は先生の『初めてのラブホ』を経験したんだっけ。

◆◆◆◆◆◆◆◆◆◆◆◆◆◆◆◆◆◆

「どこ向かってんの？　先生……」

運転している先生の左腕にそっと触れた。
すると、先生の手が私の手を握り、優しい顔を私に向ける。少し開けた窓から春の風が吹き込む。
「いいとこ行こっか……」
　先生の顔が真剣だったことと、先生の手が少し湿ってたことで私は想像が膨らんだ。
　それから口数がぐんと減った私に、先生はふざけて声をかけてくれたけど、頭の中はこれから先生が向かおうとしてる場所のことでいっぱい……。初めて……。
　先生とは何度エッチしても、初めてのようにドキドキする。そして、最初のキスで体がふわぁ〜って浮いちゃうような感覚。先生と抱き合うたびに、『先生を好きだ』って実感する。いい加減慣れてもいい頃なのに……。

　初めて……こんな場所。ラブホ街。
　3、4軒のラブホテルが、競い合うように煌びやかなライトで私達を誘惑する。
「どしたぁ？　直。緊張してんのか？」
　ラブホの看板を見ながら、ぐるぐると回る車。先生が私の頭、ポンって叩いて笑う。
「かわいいなぁ、直」
　そんなこと言うと、よけいにドキドキするって先生はわかってないのかな。

「どこがいい？　お前が決めていいよ！」
　私に選ぶ余裕なんてなくて、たまたま前に見えたピンク

の建物を指差す。
「おぉ、了解!」
　駐車場は、結構混んでいて、みんなこの中で愛し合ってるんだ……なんて考えてた。
　ラブホテルって初めてだけど……すごく不思議。どういう顔していいか、どんな話をしていいのか悩む。
　……だって、今からエッチします……って事だよ？　わざわざそういうことをするためにここに来るって、理解できない世界。
「直、嫌だった？」
　車を降りて、心配そうな表情で私に近付く先生。
「ううん……初めてだから……どうしていいかわかんなくて……」
　先生は不安な私の肩を抱き、優しくエスコート。
　小さなドアを開けると、たくさんのパネルが貼られていて……。
「どの部屋がいい？　遊びに来たと思えばいいって!　ゲームとかあるし、カラオケもある!　風呂のでかい部屋にしよっかぁ？」
　私は、もう選ぶことなんてできないくらいに緊張していた。

　風呂……？　でかい風呂？　先生とお風呂に入るの？
　……無理無理!!　絶対……無理。
　先生が選んだ部屋は、私の好きなピンク色のベッドの部屋。別に、慣れてるわけじゃないってわかってる。男の人

ならこんなこと、普通にできちゃうこともわかってる。
　でも、不安になるんだ。過去にやきもち焼いちゃう私って……まだ子供？
　私は「初めて」だけど、先生は、「初めて」じゃないんだ。

　絶対……初めてじゃないんだよね。過去に、誰かとラブホテルに来たんだ。当たり前だよね……。もう大人だし、先生にも彼女がいたんだし……。
　私は先生だけしか知らなくて、ラブホテルの部屋を選ぶことすらできない。
　ドキドキして、自分の心臓の音が聞こえちゃいそう。

　エレベーターを待つ先生の横顔をじっと見つめる。
　あ……この感じ、前にもあった……。私は、記憶を呼び起こす……。

　あ。あの日。
　先生に別れを告げたあの夜だ。
　高級ホテルのディナーを食べた、あのバレンタインの夜のこと……。エレベーターを待つ先生の横顔を見て、自分は子供だって感じた。
　そして、別れるって決めたはずなのに、先生が大好きで仕方がない自分に気付いたんだ。
　あの日と同じようなスーツを着た先生。今日は、家庭訪問を終えた先生とのデート。
　あれからいろんな事があったけど、私の先生への気持ち

は落ち着くどころかどんどん大きくなって、どんどん燃え上がってる。

「どした？」
　先生が肩に回していた手で、私の背中を優しく撫でる。
　先生、好きだよ。あの日、大好きな先生の手を離してしまった私を許してね。もう、絶対に自分の気持ちに嘘、付かないから……。

　乗ったエレベーターの中で、あの日と同じように……先生がキスをした。
「思い出すな……」
　先生はそう言って、私の頭を撫でた。
　先生も同じことを考えていたことが嬉しくて、涙が出る。先生もあの日の別れのことは……きっと忘れないよね。
　あの日、エレベーターが止まって欲しいと思った。時間が止まって欲しいと思った。
　夢のような楽しい先生とのディナーが、全部泡のように消えちゃいそうで、切なくてたまらなかった。
　あの日の先生のグレーのスーツ。
　生演奏のピアノ。
　真っ赤なソファ。
　一緒に食べたいちごのタルトとプリン。
　そして、先生の寂しそうな別れ際の笑顔……。
　忘れることなんてない。私の心に刻まれた記憶。

あの日の三日月を、今もはっきり覚えている。

　ラブホテルのエレベーターは３階で停まり、先生は早足に廊下を歩く。振り向いた先生がニコって笑う。
「照れてんのかぁ？」
　私は小走りで、先生の背中にピトッとくっついた。
　離れないよ。先生。
　もうあんなに辛い悲しい想いしたくない。もうあんな悲しい顔、先生にさせたくない……。

　ドアを開け、中に入ると独特の匂いがした。カラオケボックスのような、タクシーのような匂い。タバコや芳香剤や、いろんな匂いが混ざった部屋。
　靴を脱ぐ手が震える。
　だって……初めてだもん。ラブホテルって部屋に入ったら、みんな何をするの？
　まずご飯とか食べるの？　それとも、いきなりエッチ？
　まずはお風呂？
「直……何、緊張してんだよ、おいで……」
　スーツの上着を脱いだ先生が、ネクタイを緩める。
　両手を広げて私を呼ぶ。たまらなくかっこいい、その仕草。ネクタイを緩める時の、顔の表情も好き。
『疲れたぁ』って顔しながら、ネクタイをぐいぐいって引っ張るんだ。
　先生の大きな腕に包まれて……緊張が解けていく。

「先生……私、初めてで……緊張してて……」
　先生が私の頭を撫でながら、穏やかな笑顔で見つめる。
「せっかくだからいっぱい遊ぼうぜ!」

　先生に手を引かれてソファに座ると、そこにはたくさんの食べ物と飲み物のメニューが置いてある。
「きゃあ～これ、一品タダって書いてあるよ! 先生、何か食べよう!」
　緊張が解れたせいか、私は急に元気な声ではしゃぎ出す。
「直～、お前かわいいってぇ!」
　先生が私に抱きついてくるのも、お構いなしにメニューに見入る私。真っ先に目に付いたのは……もちろん……。

「カルボナーラ!!」
「やっぱりな……そう言うと思った。じゃあ、俺は……」
　言いかけた先生よりも早く私が言う。
「やきそば!!　でしょ?　先生は!」
　先生は笑いながら、うんうんって頷いた。
　ベッドサイドに置かれた電話で、カルボナーラとやきそばを注文する先生を、穴が開くほど見つめていた。

　いつの間にかこの部屋の匂いにも慣れている私がいた。先生といると、どんな場所でも素敵な場所。

　部屋の隅に置いてあるスロットマシーンや、マッサージ

チェア、冷蔵庫の中……。いろんな物を珍しそうに眺めながら、部屋を歩き回る。
「やっべぇ……俺、我慢できないかも……」
　ソファに座ったままの先生が、目だけキョロっと私の方を見て、大きく息を吐く。
「カルボナーラ食べてからだよ、先生」
　棚の中の無料のスナック菓子を取り出す。
「先生、これも食べちゃっていいの？　ラブホってすごいんだね～！」
　その下の冷蔵庫のようなものを開けると……見たこともない文字が目に入る。
「きゃあ‼」
　私は勢い良く扉を閉めた。
「直のエッチ～、見ちゃったの？」
　先生が立ち上がり、顔を真っ赤にする私の横でニヤニヤと笑う。
　子供の私には、まだまだ知らない世界がいっぱいだ。
「我慢できねぇってばぁ……直……」
　先生が私の腰に手を回し、首筋にキスをした。
　体の力抜けちゃうような先生の吐息……。この場所のせいか、匂いのせいか……意識が薄れていくような不思議な感覚に陥る。
「せんせ……もう、ご飯来るからぁ……」
　本当は、ご飯なんてどうでもよかった。
　冷めても硬くなっても、先生と食べると美味しいから。
　激しくキスをした先生が、いつもより荒々しく服を脱が

した。
　どうやってベッドまで来たのかわからない。いつの間にかふたりとも、裸で大きなふかふかのベッドの上にいた。
　気が付くと、部屋の灯りも暗くなっていた。
　小さく光る赤いライトがすごくエッチで……。赤いライトの下の先生の顔に……ドキッとする。
　たくさんたくさんキスをして……何度も名前を呼び合った。
　いっぱいいっぱい好きだと言っても、まだ伝わっていないような気がする。どれだけ私が先生を好きなのか、伝えたいよ……。

　話すことも、手を握ることも、遊びにいくことも、どれも大事。
　だけど、エッチも大事。先生がそれを教えてくれた。

◆◆◆◆◆◆◆◆◆◆◆◆◆◆◆◆◆◆

　こうして私の初ラブホは、幸せな思い出になった。
　先生の『初めて』がたくさん集まって、素敵な宝物がどんどん増えていくんだ。

14. 空と海

　飛行機の出発時間まで、ぶらぶらと空港内を歩いていた。
「寂しいな……」
　ポツリとつぶやいた私の頭を、先生がコツンと叩く。
「直、あれ……撮ろっか!」
　先生が荷物をいっぱい持った手を上げる。その先には、プリクラがあった。

　一度だけ、先生とプリクラを撮ったことがあった。先生は恥ずかしい恥ずかしいと言いながらも、私のリクエストに応えてくれて、かっこいい顔をしてくれたっけ。
「いいの？　撮りたい!!」
「おう!　思い出に撮ろうぜ!」
　前に撮った最新のプリクラ機とは違い、かなり古いタイプのプリクラで、バックの絵柄は沖縄風のものが3種類あった。
　先生が選んだのは、青い空と海の背景。
　この狭い空間にいることに、まだドキドキできるって幸せだね。
「直……」
　カメラに向かって笑顔を作っていた私は、突然声をかけられて、先生の方を見た。

……キス、してくれた。

　パシャ!!

　先生、もしかして覚えててくれたのかな。私が前にプリクラ撮った時に、『チュープリ撮りたい』って言ったこと。
　恥ずかしくて撮れなかったチュープリ。
　先生は、日に焼けた赤い顔をもっと赤くして照れていた。
「うっわ～、これまじで照れる……」
　そう言いながら、画面に映るキス写真から目をそらす。
　落書きすることも出来ないくらい照れてる先生の代わりに、私が落書き……。
　日付と名前だけ書いて、決定ボタンを押した。

　嬉しくて泣いちゃうよ、先生。
　先生は私の夢を全部実現してくれる。念願のチュープリを見ながら、先生の腕に絡みついた。
「はいはい…わかったから!!」
　教師口調で、恥ずかしがる先生。
「ありがと!!　先生、大好き!!」
「知ってる……でも、俺の方が好きだから」

　飛行機の出発時刻が迫ってきた。私と先生は、空港の大きな窓から美しい景色を眺めた。
　しっかりと心に焼き付けて、またここに戻ってこよう。

飛行機は時間通りに出発した。雲を突き抜ける飛行機。
「俺、プロポーズってお前にしかしたことねぇから」
　先生が、窓の外の青い空を見ながら教えてくれた。
「飛行機、台風で欠航になって欲しいなんて、初めて思ったよ……」
　先生がそんな風に思ってくれていたなんて、知らなかったよ。先生の大人な横顔には、いろんな顔が隠れてるんだね。

　この飛行機を降りて、家につくと、旅の終わり。
　でも、そこから始まるんだ。私と先生の『結婚に向けての旅』が……。

　社会人になるまで、結婚してくれないと思ってた。私が冗談っぽく、早く結婚したいって言うと先生は、いつも「焦らなくても俺はずっとここにいるよ」と笑ってくれたよね。
　少しでも早く結婚したいって思う私は、子供なのかなって思ってた。

「俺も、早く結婚したくて仕方なかったよ……多分お前よりもそう思ってた」
　先生は、飛行機の窓から下に広がる海を眺めながら、小さくそう言った。そして、照れたのか……そのまま目を閉

じた。まだ眠ってはいない先生の耳元で囁く。

「先生、プロポーズしてくれてありがとう……」
　先生は、私の手をぎゅっと握り、そのまま眠ってしまった。
　窓際に座る先生を起こさないように、窓の外を覗き込んだ。先生は、少し口を開けて、おでこを窓にくっつけて眠っていた。

　手首にはお揃いのブレスレット。
　こっそり手をつなぎ、ブレスレットが重なり合う。

　これから私は毎晩、先生の寝顔を見ることができる。毎朝、ひげを剃る先生の横顔を、眺めることもできる。先生と同じ家で同じものを食べて、同じベッドで眠り……。
　同じ目標に向かって、ふたりで歩んでいくんだ。
　あんなに遠かった先生が今、私の隣で無防備に眠ってる。
　先生、ありがと。私は、幸せです……。

　大好きな白いジャージを来た先生に、いってらっしゃいのキスをして、あまりのかっこよさに写メ撮ったりしちゃうんだろうな。
　先生が帰ってきたら、嬉しくて私は抱きついて、おかえりなさいのキスをする。

先生の白いジャージ。
　つかみたくて、でも、つかめなかった大きな白い背中。
　これからは、その白いジャージを、私が洗濯できるんだね……。
　ベランダで風に揺れる白いジャージを見るたびに、私の心は高校生に戻るんだ。

　一生、忘れないあの想い。
　あの頃の真剣な気持ち……。

　通じ合った気持ちがまた途切れたり、お互いを思い過ぎて離れたり、いろんなことがあった高校時代。
　忘れちゃいけない。
　どんなに幸せになっても、あの頃があって、今があるんだってことを……心に置いて、生きていこう。
　これから始まる新しい先生との旅……。

　雲の隙間から見える海は、とても美しかった。
　海はいつも空を見ている。そして、空はいつも海を見守っている。

　決して、ひとつになることはできない空と海。でも、夕焼けのあとの空と海はつながっているように見えたんだ。
　ひとつになろうと、お互いがお互いを見つめ続ける。
　いつも、私を見守ってくれる先生。
　いつも先生を見つめてる私。

――青い空と広がる海。
――先生と私。

$\sim Fin \sim$

あとがき

　お久しぶりです。また皆様にお会いすることができ、大変嬉しく思っています。

　『白いジャージ〜先生と私〜』の中で、一生懸命恋をした直が、少し大人になって帰ってきました。高校時代、いっぱい泣いて、我慢して、相手のことを想ってばかりいた直も、卒業して1年を過ぎました。
　自分よりも相手のことを思いやってしまうところは今も変わらない直ですが、少しずつ強くなろうと努力しています。それでも、やっぱりやきもちを焼いてしまうし、先生を独り占めしたいって思ってしまいます。
　先生に対する愛は落ち着くどころか、どんどん燃えています。その想いを、沖縄の眩しい太陽と、輝く青い海の下で、振り返りながら、先生との初めての旅行を胸に刻みます。

　いろんなことがあった高校時代も、恋人として楽しく過ごした1年間も、先生と直にはかけがえのない時間であり、それは私にとっても同じです。

　『白いジャージ〜先生と私〜』を書き終わった時、まさか続編が書けるなんて思ってもみませんでした。白ジャを完結したあと、なぜかとても寂しくなり、サイドストーリーで、ゆかりとたっくんのお話や、新垣先生に片思いする女子高生のお話を書きました。そして、番外編として、先生目線の文化

祭やバレンタインなどを書き、やっぱり私は白ジャが大好きなんだと感じました。

　直と先生は、卒業式の日、音楽室から手をつないで走って行き、私の中からも卒業したと思っていました。
　でも、多くの読者の方から、ぜひ続編を！　という嬉しい声を頂き、私の中に眠っていた先生と直が再び動き出しました。
　動き出した直は、相変わらず先生大好きで、先生のひとつひとつの表情にドキドキしていて、先生もかわいい直にあたたかい愛情を注ぎ続けていました。

　応援して下さった皆さんのおかげで、この『白いジャージ2～先生と青い空～』が誕生しました。
　本当に感謝の気持ちでいっぱいです。
　書籍化してから、多くの方の温かい応援に支えられました。身近な人の優しさも感じ、私の人生は、高校時代と変わらず、キラキラと輝いています。
　今回の続編を書いている時は、また私は、『直』になりきっていましたし、今後も私の中にいる直が永遠に私の中から消えることはないと確信しました。
　書籍化のおかげで知ることができた周りの人の優しさを忘れずに、これからも一日一日を過ごして行きたいと思います。
　そして、白いジャージを愛してくださったたくさんの方の為にも、期待を裏切らないよう、走り続けたいと思います。

『白いジャージ〜先生と私〜』のあとがきで書いたように、皆さんがこの白ジャを大きくはばたかせてくれました。
　本当にありがとうございます!!
　何度言っても言い足りないですが、ありがとう!!

　これからも先生と直を、そして、私を見守り続けてください。

　またお会いできる日を楽しみにしています。

reY

スペシャル・ストーリー
本を買ってくれた人だけにスペシャルなプレゼント！
reYさん書き下ろしの、先生と直のスペシャルストーリーが読めます。
ぜひ、感想ノートにも書き込んでね！

http://no-ichigo.jp/shiro2.php

白いジャージ2～先生と青い空～

2008年8月27日　初版第1刷発行

著者　reY
©reY 2008

発行人　新井俊也
装丁　宇留間能力
発行所　スターツ出版株式会社
　　　　〒103-0027
　　　　東京都中央区日本橋3-3-9　西川ビル4F
　　　　TEL　販売部03-6202-0386

印刷所　共同印刷株式会社
Printed in Japan

編集　相川有希子

乱丁・落丁などの不良品はお取り替えいたします。
定価はカバーに表示してあります。

ISBN978-4-88381-083-3
C0095